FOLIO POLICIER

Laurent Guillaume

Black cocaïne

Une enquête de Solo,
le privé malien

Denoël

Laurent Guillaume a été commandant d'une unité anticriminalité et, après un passage aux stups, est parti au Mali dans le cadre de la coopération pour les affaires de stupéfiants. C'est de cette expérience professionnelle et humaine qu'il s'est inspiré pour écrire *Black cocaïne*, qui révèle un autre visage du Mali, bien différent de celui que renvoient les médias. Après un passage à la Brigade financière, il a quitté la police.

À Olivier Marchal, mon frère.

« On n'est pas orphelin d'avoir perdu père et mère, mais d'avoir perdu l'espoir. »

Proverbe bambara

« Mieux vaut être jugé par douze que porté par six. »

Proverbe policier

Prologue

Lyon, le passé

Elle est là, carcasse inerte gisant sur le pont hydraulique de ce garage clandestin de la banlieue lyonnaise ; un monstre de métal et de plastique aux flancs lourds et au moteur trafiqué. Parfait pour les Go Fast. « Ils » auraient dû rabattre la porte basculante, mais la température caniculaire les en a découragés.

C'est une erreur.

Il vaut mieux transpirer que saigner.

Je consulte ma montre, il ne me reste que peu de temps avant que les autres arrivent avec leurs gyrophares, leurs sirènes hurlantes et tout le bordel. Je passe la main par-dessus le portail, soulève le loquet et pousse le battant le plus silencieusement possible. Ça grince à peine. À l'allée de gravier, je préfère le bas-côté en terre. Plus discret. Partout sur le terrain devant le pavillon transformé en atelier de mécanique, des carcasses abandonnées de bagnoles pourrissent, l'huile de vidange et l'acide de batterie suintant de leurs entrailles, faisant des trous dans la mauvaise herbe. « Ils » sont là et « ils » n'ont rien entendu, occupés qu'ils sont à démonter le capot de la voiture. La calandre et le pare-chocs avant ont déjà été déposés.

Le molosse, lui, m'a repéré. C'est un bâtard de rottweiler, le poitrail large et musclé. Sa robe noir et fauve est constellée de cicatrices dont certaines sont récentes. « Ils » doivent le faire combattre dans les caves clandestines des cités avoisinantes.

Par chance, il est à l'attache, une chaîne à gros maillons enserrée dans le châssis rouillé d'une Renault 11. Il bondit sur ses pattes, ses babines se retroussent, dévoilant un véritable piège à loup de crocs jaunâtres.

Un grondement sourd, caverneux.

J'avance tout doucement, pas à pas, en portant à mes lèvres un index dérisoire.

« Chut ! » je souffle tout en sachant combien je suis pathétique. Le chien tourne sa grosse tête vers ses maîtres. Comme « ils » ne réagissent pas, le monstre se met à aboyer. « Ils » lèvent enfin la tête et me repèrent instantanément. Je me fige. « Ils » échangent un regard et sortent du garage en jetant des coups d'œil inquiets aux alentours. Normal vu ce qui se trouve sur le pont. Eddy le géant essuie nerveusement ses grosses pognes pleines de cambouis sur un chiffon. Steve, le gringalet, s'approche du fauve qui aboie de plus belle, l'écume à la gueule. Le chien bondit vers moi, les yeux fous. La chaîne se tend, prête à rompre, et le squelette de la voiture tressaute à chaque impulsion.

— Qui t'es, le négro ? demande Steve.

— Tu vois pas que c'est un Schmidt, bordel ! beugle Eddy.

— Si c'est un Schmidt, pourquoi il est seul ?

Perplexe, le mastard reste sans voix. Un petit sourire ravi sur ses traits cauteleux, Steve entreprend de défaire le mousqueton qui retient le monstre.

— Allez, Panzer, c'est l'heure de la croûte.

Je n'ai pas peur, je sais ce que j'ai à faire. D'un geste souple, j'écarte le pan de ma veste et pose la main sur la crosse de mon arme. Le molosse soudain libéré se rue sur moi en grondant. Les deux frères hurlent de joie, encourageant le monstre à bouffer du nègre. Je dégaine en me disant que jamais je n'arriverai à atteindre une cible se déplaçant à une telle vitesse. Pourtant, la première balle touche le rottweiler à la poitrine, la seconde en pleine tête. Jamais, même lorsque j'étais à la BRI[1], je n'aurais réussi un tel coup. Je me dis que c'est la main de Dieu, mais je ne crois plus en Dieu… plus depuis ce matin. Le monstre vient rouler jusqu'à mes pieds, les yeux vitreux et la langue pendante, refroidissant déjà.

— Putain ! Panzer ! glapit Steve.

— Tu vois, je te l'avais dit ! C'est un Schmidt ! triomphe Eddy.

Son frère recule doucement vers le fond du garage, les mains ouvertes comme s'il priait.

— M'sieur l'agent, on n'a rien à voir là-dedans. Nous on fait que réparer les bagnoles…

1. Brigade de recherche et d'intervention, unité d'élite de la police judiciaire.

Comme un somnambule, j'avance vers eux, mon flingue pendant négligemment au bout de mon bras. Eddy, doté d'un tempérament sanguin, décide de prendre les choses en main. Il s'empare d'une énorme clé à molette dans une caisse à outils et se rue sur moi en la brandissant au-dessus de sa tête. Je lui tire une balle dans le genou. Cela doit faire encore plus mal que ce que j'imaginais, car Eddy s'effondre en tenant son articulation. Il hurle comme un possédé. Steve, lui, pleurniche au fond du garage. Ça n'a jamais été le plus courageux des deux. Je m'accroupis devant la calandre, elle est enfoncée. Le pare-chocs aussi. Au niveau de la plaque d'immatriculation, je trouve un petit bout de tissu. Un morceau de lin couleur crème. Je ferme les yeux et me redresse ; j'ai cent ans et les benzos[1] ne font plus effet.

Sur le capot, des traces de sang.

Je me dirige vers Eddy qui continue de bramer dans une flaque d'huile en se balançant sur son dos arrondi. Dans un état d'abrutissement, je ramasse la clé à molette et lui fracasse le crâne. Je frappe encore et encore jusqu'à en perdre le compte. Je ne m'arrête que lorsque mon bras endolori menace de se décrocher. Haletant, pris d'une violente nausée, je me redresse et surprends mon reflet dans la vitre, côté conducteur. Je suis couvert du sang d'Eddy et d'autres morceaux aussi. Steve vomit au fond du garage. Je m'approche et, lorsque Steve lève des yeux larmoyants sur moi, des reliefs de son repas

1. Benzodiazépines, composé chimique employé comme anxiolytique et antidépresseur.

accrochés à la commissure des lèvres, je laisse tomber la clé à molette qui tinte joyeusement dans le garage soudain silencieux comme une tombe. Steve me regarde, confiant.

— C'était pas moi, c'était Eddy, dit-il sur le ton de la confidence.

Mais moi je sais lequel des deux est le chauffeur. Les jointures de mes poings craquent.

1

Bamako, 2009

C'était une belle matinée. Il devait être aux alentours de dix heures, autant dire l'aube. Elle m'attendait en haut de l'escalier extérieur. Je ne la remarquai pas immédiatement tant j'étais concentré à gravir les marches irrégulières. Ma dernière crise de palu datait de plusieurs semaines, mais il me fallait encore tenir la main courante rouillée, comme un petit vieux. D'autant que des margouillats[1] téméraires ou suicidaires s'ingéniaient à galoper entre chacun de mes pas. Lorsque je relevai la tête, elle était là, dans la coursive ouverte aux rayons ardents du soleil de juin, vêtue d'une robe blanche et légère que l'harmattan, ce vent sec et chaud d'Afrique, faisait frissonner. Elle me regardait d'un air à la fois grave et plein d'espoir. J'essuyai machinalement du dos de la main la fine pellicule de sueur qui couvrait mon front et passai devant elle en faisant mine de l'ignorer. Les

1. Lézards africains.

jolies femmes ne m'avaient valu que des emmerdes et, à en juger par son physique, celle-là pourrait me valoir des tonnes de contrariétés. Tout en sortant une clé de ma poche, je m'avançai vers la porte sur laquelle un panonceau doré fanfaronnait : « Camara investigations ». Elle fit un pas gracieux de côté pour me céder le passage.

— Vous êtes Souleymane Camara ? demanda-t-elle dans mon dos pendant que je glissais la clé dans la serrure.

J'entrouvris la porte.

— Ça dépend, dis-je en soupirant et en me tournant vers elle.

Elle était grande – presque ma taille – et racée. Elle était manifestement originaire d'un pays du Maghreb. J'aurais parié sur le Maroc. Les muscles fins et nerveux de ses cuisses bronzées ne se trouvaient qu'à quelques centimètres de ma main et je dus me retenir de les effleurer. Ses cheveux de jais étaient captifs d'un austère chignon d'où s'évadaient quelques mèches. Loin de l'enlaidir, sa coiffure soulignait l'ovale parfait de son visage et l'intensité de son regard noir et profond qui me sondait sans indulgence. Il convient de préciser que la nuit avait été courte et que, à en croire la désapprobation que je pouvais lire dans ses yeux, les débordements auxquels je m'adonnais régulièrement depuis quelque temps me trahissaient ostensiblement. Bizarrement, cela me contrariait qu'elle me jugeât aussi sévèrement.

— Ça dépend de quoi ? insista-t-elle.

— Du motif de votre visite, du fait que je vous

doive de l'argent ou que j'aie causé du tort à vous ou à l'un de vos proches.

— Et si c'était le cas ?

— Prenez un ticket et patientez dans la queue de mes créanciers.

— Il y en a tant que ça ?

— Plus que je ne pourrais compter…

— Je viens demander votre aide, bien que je m'interroge de plus en plus sur l'opportunité d'une telle démarche.

Sa voix était froide et trahissait un certain niveau d'instruction. Je percevais sous les intonations un peu snobs les pointes chantantes d'un accent méditerranéen.

J'ouvris la porte en grand et m'écartai.

— Allez-y.

Elle hésita avant d'entrer. Je la fis s'asseoir sur la meilleure des deux chaises qui se trouvaient devant mon bureau, pas celle qui branlait et dont la bourre s'effilochait par une plaie béante. J'avais laissé la fenêtre ouverte et déjà la chaleur sèche de ce milieu de matinée s'était insinuée dans la pièce. Je ne pus m'empêcher de jeter un œil à la rue. Les grandes artères s'étaient engorgées et, aux carrefours, des flics essayaient désespérément de faire régner un semblant d'ordre. Sur les trottoirs les marchands de rue interpellaient les chalands tandis que des mendiants tendaient leurs mains lépreuses vers les voitures qui piaffaient aux feux.

Je fermai la fenêtre, et le tumulte de Bamako s'apaisa. Enfin, j'allumai la clim d'un coup de télécommande impérieux. Rapidement l'air frais se répandit dans la pièce et je sentis la sueur sécher dans mon dos. Avec un soupir de satisfaction je m'assis dans le fauteuil de direction, fabriqué en Chine. Je posai les pieds sur le bureau, lui aussi made in China, et contemplai ma visiteuse d'un regard impassible. C'était une technique que m'avaient enseignée les anciens lorsque j'étais encore flic. Toujours mettre « le client » dans une situation inconfortable. Confronté au mutisme, il voudra parler pour se rassurer, pour meubler, et lâchera peut-être des éléments utiles à l'enquête, des choses qu'il aurait gardées pour lui dans d'autres circonstances.

Mais là, j'en fus pour mes frais. Elle conserva un silence poli, un peu guindé, et finalement ce fut moi qui, après m'être raclé la gorge, lui demandai :

— Bien, que puis-je pour vous, madame... ?

— Mademoiselle Tebessi. Faten Tebessi.

Elle avait appuyé sur le « mademoiselle » comme si cela revêtait pour elle une grande importance. Ça m'amusa.

— Je suis avocate au barreau de Paris. Mais peut-être que mon nom vous dit quelque chose ?

Effectivement, cela évoquait vaguement quelque chose à mon cerveau encore embrumé par les vapeurs d'alcool. Un truc que j'avais lu dans un canard, un truc qui passait en boucle sur l'ORTM. Je farfouillai dans le chaos qui régnait sur mon bureau et extirpai victorieusement un numéro du *Républicain* de la semaine précédente dont la une titrait :

« Une Française, trafiquante de drogue, interpellée par la police ! »

Juste en dessous, en plus petit et en italique :

« Bahia Tebessi s'apprêtait à prendre l'avion pour Paris en possession de treize kilos de cocaïne dissimulés dans ses bagages. »

L'article décrivait dans un style emphatique la redoutable efficacité des limiers de la brigade des stupéfiants de Bamako qui avaient neutralisé une « dangereuse narcotrafiquante ». Une photo illustrait l'article : une femme d'une vingtaine d'années, les yeux hagards et cernés, posait comme un trophée devant une table sur laquelle on avait soigneusement aligné des pains enrobés de latex, la fameuse cocaïne.

— Il s'agit de ma sœur, dit-elle, ma petite sœur.

Je jetai le journal dans la corbeille à papier. Depuis quelques années, on trouvait de la coke partout dans Bamako. Au kilo ou au rail.

— Je ne vois pas comment je pourrais vous être utile. Le destin de votre sœur est scellé.

Faten Tebessi se pencha en avant, un sourire peiné aux lèvres, le même que l'on utilise pour remettre à sa place un enfant un peu présomptueux.

— Voyons, monsieur Camara…

— Solo… appelez-moi Solo.

— Solo, Bahia est… (elle hésita une fraction de seconde et se reprit) était une fille sans histoires. Elle étudie en deuxième année à la fac de droit et elle travaille à mi-temps dans une boulangerie industrielle du Val-d'Oise. Elle a une petite fille, mais le papa l'a quittée. Elle a du mal à joindre les deux bouts et j'imagine que cela fait d'elle la proie idéale pour les trafiquants. Il est hors de question que je l'abandonne. Ma nièce attend sa maman. Je veux la ramener en France.

— Ce que vous voulez ne compte pas ici.

Elle se laissa aller contre le dossier de la chaise en soupirant.

— Vous imaginez bien que je n'ai pas entrepris ce voyage sans m'être un peu renseignée au préalable. Ne me prenez pas pour une oie blanche, je connais les coutumes locales. Il y a toujours quelque chose à faire.

— Je suis curieux de l'entendre.

— J'aimerais que vous entriez en contact avec le juge d'instruction saisi de l'affaire et que vous lui remettiez une somme d'argent afin de solliciter son indulgence.

Je la regardai d'un air dubitatif. Mes doigts jouaient nerveusement avec le tissu du chèche noué autour de mon cou.

— Vous êtes en train de me demander d'acheter un juge ?

Elle partit d'un petit rire méprisant.

— Je pense avoir été claire. Et ne me jouez pas la comédie de la vertu outragée, d'après ce que l'on m'a dit c'est le sport national dans ce pays.

— Qui vous a donné mon nom ?

Elle lissa le bas de sa robe et planta ses yeux sombres dans les miens.

— Grâce à mon travail d'avocat, je suis régulièrement en contact avec des policiers. Certains sont même devenus mes amis. Le commandant Lefèvre m'a conseillé de m'adresser à vous.

Lefèvre… Mon ancien chef de groupe aux stups. Je caressai pensivement les cicatrices de mes mains. Faten Tebessi poursuivit.

— Il m'a dit de ne pas me fier à la première impression, que vous étiez par le passé un excellent flic et que si quelqu'un pouvait m'aider dans ce pays, c'était vous. C'est la raison pour laquelle je n'ai pas encore tourné les talons.

— Vous a-t-il dit que je sentais le soufre et que ma compagnie pourrait vous valoir les pires emmerdes ?

Elle prit un air agacé. Elle avait un véritable don pour cela.

— Oui, il me l'a dit. Mais sachez que cela ne me fait pas peur… je veux dire ce que vous avez fait.

Soudain j'eus la gorge sèche comme le Sahel. Je louchai sur le minibar dans lequel ma bouteille de scotch m'attendait. Mais c'était trop tôt, il fallait que je tienne encore un peu, au moins jusqu'à midi.

— J'ai coutume de dire qu'au Mali tout est possible et que rien n'est certain, déclarai-je.

— Alors, faites tout le possible, j'ai déjà fait une croix sur le certain.

— Combien ? demandai-je en soupirant.

— Dix millions de francs CFA[1] pour le juge et deux pour vous.

— Divisez la somme par deux, ce sera suffisant. Il ne faut pas le mettre en appétit.

Elle me dévisagea.

— Pour vous aussi ?

— Pour moi aussi.

Elle m'apprit qu'elle logeait à l'hôtel Laïco, juste à côté de l'ambassade de France. Nous convînmes de nous y retrouver le lendemain à la même heure pour

1. Environ 15 200 euros.

qu'elle me remette la somme qu'elle aurait préalablement changée dans une banque malienne. Cela tombait bien, il y avait une agence de la Banque nationale de développement juste à côté. Je lui conseillai de se faire accompagner par un garde entre l'agence et la réception de l'hôtel où elle devrait laisser la somme au coffre. Nous nous serrâmes la main et elle sortit. Je restai un moment assis, à loucher sur le minibar. Il flottait dans l'air une odeur de jasmin.

2

Je descendis dans l'avenue de l'Yser et, comme chaque fois, l'âpre odeur de terre, d'épices et d'égouts à ciel ouvert me prit à la gorge. Je marchai sur le trottoir à l'ombre fraîche des arbres centenaires qui faisaient le charme du quartier du fleuve. J'avais décidé de rendre une petite visite à Hamidou Kansaye, le directeur central de la police judiciaire et le meilleur ami de mon père. Lui seul pouvait m'apporter des éléments sur l'affaire Bahia Tebessi. Avec le temps, j'avais appris qu'à Bamako les choses étaient rarement ce qu'elles semblaient être et qu'il pouvait être périlleux d'avancer à l'aveugle. Aussi, j'avais décidé de solliciter l'aide du meilleur policier du Mali. Je progressai au milieu d'une foule bigarrée. Une femme sans âge à la poitrine pendante faisait frire des beignets de banane. Deux bébés au ventre proéminent couraient autour d'elle en gloussant, le pas encore mal assuré. Sur le goudron, les *soutramas* – des transports collectifs bondés de passagers – et d'antiques taxis Mercedes jaunes tentaient de se faufiler dans la circulation chaotique au milieu d'une nuée pétaradante de motocyclettes chinoises. Ça klaxonnait frénétiquement et ça s'invectivait en bambara dans un joyeux merdier. Je finis par héler un taxi, donnai l'adresse de la DGPN[1] au chauffeur et m'assis sur la banquette défoncée dont les ressorts me labouraient les côtes. Le bâtiment de la direction de la police se trouvait dans le quartier d'ACI 2000, monstrueuse excroissance moderne située à l'ouest de Bamako et sillonnée par d'immenses avenues staliniennes. Une bonne demi-heure plus tard, le taxi me déposait devant l'immeuble jaune pisseux de la DGPN. Je demandai à l'un des plantons armés d'une kalachnikov d'annoncer ma présence au directeur de la police judiciaire. Pendant qu'il téléphonait du poste de sécurité, je considérai le bâtiment qui, bien que datant tout au plus de deux ans, semblait avoir été construit dans les années soixante-dix. Les Maliens réussissaient le tour de force de construire directement de l'ancien. Le planton m'avisa que Kansaye m'attendait. Il s'assura que je connaissais le chemin et, sans autre formalité, me laissa aller sans escorte et sans même un simple badge visiteur. J'entrai dans un hall carrelé et vide aux dimensions de propylée et grimpai les marches de deux étages avant de m'engager dans le couloir de la direction centrale de la police judiciaire. Dans la salle d'attente, un policier en tenue bleu ciel somnolait sur un canapé de velours râpé. Je le secouai en même temps que j'identifiai ses galons.

1. Direction générale de la police.

— Mon adjudant-chef, le directeur m'attend. Pourriez-vous m'annoncer ?

Il émergea de sa léthargie, un rien crispé, en me contemplant les yeux vides. Finalement il me reconnut. Il se redressa alors et me salua cérémonieusement en lâchant un tonitruant :

— Mes respects, *Warakalan Jeman* ! Je vais prévenir le directeur.

« Léopard blanc. »

Par le passé, j'avais résolu quelques affaires dont le retentissement médiatique devait beaucoup à des journalistes de faits-divers en mal de sensationnalisme. Ces pisse-copie adoraient affubler les enquêteurs de la police et les détectives de noms de guerre, c'était vendeur. Ainsi, j'avais récemment rejoint le cercle restreint des limiers à sobriquets zoologiques tels que l'Épervier du Mandé et Macky le Lynx. J'avais dû composer avec cette soudaine notoriété qui d'ailleurs m'offrait quelques avantages non négligeables – on me faisait rarement attendre, on m'invitait aux soirées mondaines et mes clients étaient persuadés que j'étais doté des pouvoirs magiques de mon totem – même si, au fond, j'aurais préféré rester dans l'ombre confortable de l'anonymat. Au Mali, bien que la majorité de la population soit musulmane, l'animisme est toujours vivace. Et cela m'étonnait toujours que, malgré ma peau café-au-lait de métis, on m'y considère comme blanc. En France, j'étais le Black de service. À croire que le sort du métis est d'être toujours de l'autre côté de la norme, une sorte de chimère raciale. Pour ma part, cela me convenait parfaitement, j'aimais être le mouton noir du troupeau.

Le policier en tenue toqua à la porte métallique et le bruit d'une gâche électrique retentit. L'adjudant-chef passa la tête par l'ouverture et m'annonça. Je n'entendis pas la réponse, mais le policier me fit signe d'entrer. Hamidou Kansaye se tenait derrière son bureau de ministre, le combiné de son téléphone fixe collé à l'oreille. Il me fit signe de m'asseoir. Je frissonnai en obtempérant, il régnait dans la pièce un froid sibérien. La clim fonctionnait à plein régime, comme c'est souvent le cas chez les riches et les puissants au Mali, à croire que le fait de vivre dans un frigo est un signe extérieur d'appartenance à la caste supérieure. L'un des trois téléphones cellulaires posés sur le bureau se mit à trépider comme un gros scarabée sur le sous-main en cuir. Kansaye l'ouvrit et le colla sur son oreille disponible, entreprenant de mener deux conversations en parallèle avec ses interlocuteurs, alternant le français et le bambara, engueulant l'un comme l'autre dans un langage fleuri. Kansaye avait la réputation d'être irascible et très autoritaire – ses camarades de la police l'avaient surnommé Pinochet. Le petit peuple l'appelait « l'incorruptible ». Je ne savais pas s'il l'était vraiment mais ce qui était certain, c'est que tout le monde le respectait et le craignait. Ceux qui avaient tenté de lui en glisser une s'en étaient tous mordu les doigts. Kansaye n'oubliait rien, jamais. À croire que sa devise était « un chien de ma chienne ».

Enfin, il interrompit les deux communications, raccrochant le combiné et jetant le portable sur son bureau d'un air las. Après les salamalecs d'usage sur notre santé et celle de nos proches, il me demanda abruptement :

— Léopard, que me vaut ta visite ?

C'était un homme d'une soixantaine d'années, un Dogon râblé, le visage sévère sur lequel une fine moustache dessinait un circonflexe. Il était vêtu de l'un de ses boubous bleu ciel qu'il affectionnait tant. Ses yeux brillaient d'une intelligence acérée, de celle qui vient de la terre et de la tradition ancestrale. C'était en outre un érudit et un amoureux de la littérature française. Mon père et lui étaient comme des frères si bien que, depuis sa mort, Kansaye se sentait obligé de veiller sur moi, et il fallait bien reconnaître que ces temps-ci il avait fort à faire.

— Monsieur le directeur, je viens vous voir à propos de cette Française interpellée par vos services pour avoir transporté de la cocaïne.

Le directeur de la police judiciaire se figea et me dévisagea. J'avais suscité son intérêt, ce qui en temps normal n'était pas chose facile.

— En quoi cela t'intéresse-t-il ?

— J'ai besoin de savoir quel juge d'instruction est saisi de l'affaire.

À nouveau, il me regarda avec attention.

— Pour quoi faire ?

Il était inutile de tergiverser plus longtemps, j'avais décidé de jouer cartes sur table. Kansaye avait toujours été un allié fidèle ; en outre, celui qui arriverait à le pigeonner n'était pas né.

— J'ai été engagé par la sœur de la mule, elle veut que j'approche le juge pour acheter son indulgence.

Il se leva et dirigea la télécommande vers la climatisation, qui passa de froid sibérien à froid polaire.

— Combien ?

— Cinq millions.

Il secoua la tête.

— Tu dois faire attention où tu mets les pieds, Solo, cette affaire est plus complexe qu'il n'y paraît. Les intérêts de personnalités haut placées sont en jeu. Moi-même je marche sur des œufs.

— M'autoriseriez-vous à parler à Bahia Tebessi ?

Il haussa les épaules.

— Si tu y tiens. Elle est toujours détenue aux stups. Pour ce qui est de ton juge, il s'appelle Moussa Guindo. C'est un con, mais un con cupide.

Implicitement, Kansaye venait de me donner son accord.

— *Inch'Allah*, répondit-il à ma promesse de lui renvoyer l'ascenseur.

Je le remerciai et pris congé.

3

Lorsque je sortis de la DGPN, le soleil avait parcouru la moitié de sa course. L'estomac gargouillant et le gosier sec, j'allai déjeuner au café du Fleuve, dans le quartier éponyme. Je commandai un capitaine[1] à la plancha et une salade de fruits que j'accompagnai de trois Flag[2] bien fraîches. Les services de la police judiciaire étant situés non loin de là, à l'angle des rues 351 et 322, je m'y rendis à pied après mon repas en passant par le quartier des quincailliers. Des camelots me reconnurent – comme je l'ai déjà dit, j'étais devenu une gloire locale – et m'invitèrent à boire le thé sous le manguier. J'avais un peu de temps devant moi, alors je m'assis avec eux et tâchai de pratiquer mon bambara hésitant. Je ne m'en tirai pas trop mal et, après avoir remercié mes hôtes, je m'engageai sur la petite place en latérite battue bordée par quatre constructions passablement défraîchies accueillant

1. Gros poisson de fleuve dont la chair est appréciée dans toute l'Afrique de l'Ouest.

2. La bière locale.

les services du ministère de l'Intérieur : une annexe de la DGPN, la brigade des mineurs, la brigade des stupéfiants et la brigade d'investigations judiciaires. Ces unités étaient logées dans d'anciennes villas qui auraient bien mérité un coup de peinture. Une foule de marchands ambulants, de proches des prisonniers ou des victimes se pressait devant les bâtiments. Je jouai des coudes et me présentai au poste de police de la brigade des stups. Trois policiers en civil, avachis dans des fauteuils en plastique tressé, prenaient le thé en bavassant à qui mieux mieux. Comme ils faisaient mine de m'ignorer, je dus les interrompre en leur demandant de m'annoncer au commissaire divisionnaire Bagayoko. L'un d'entre eux se leva péniblement et passa le coup de fil en me jetant des regards en biais. Je trouvai presque touchants leurs efforts pour me faire comprendre que je n'étais pas le bienvenu. Les flics me prenaient pour un braconnier et ma célébrité auprès du petit peuple de Bamako les faisait enrager. Il faut dire que la police au Mali ne bénéficie pas d'une popularité très élevée. À force d'être rackettés, les citoyens de ce pays ne peuvent plus blairer tout ce qui porte un uniforme bleu ciel. Le policier se fendit d'un « À vos ordres, divisionnaire, mes respects, divisionnaire » et raccrocha. Il me fit signe de la tête d'y aller et se rassit parmi ses collègues qui me dévisageaient avec insolence. Je me retrouvai dans la cour intérieure ; un bélier et deux moutons efflanqués paissaient les herbes jaunies sous un vénérable manguier. Je m'approchai de la villa, toquai à la double porte en fer et entrai sans attendre de réponse.

Immédiatement, un blizzard capable de congeler le plus coriace des pingouins me saisit. La climatisation fonctionnait sur le mode turbo. La chair de poule sur les avant-bras, je saluai le commissaire Bagayoko en me disant qu'à ce régime, j'étais bon pour la pneumonie. C'était un homme de taille moyenne, à la moustache moyenne et à l'intelligence légèrement en dessous de la moyenne. Cependant son ego, lui, atteignait des altitudes stratosphériques comme l'attestaient les photos encadrées qui recouvraient le mur derrière lui. Elles le représentaient en compagnie du directeur général de la police, serrant la main du ministre et même dans la suite du président ATT[1]. Je m'assis sur une chaise qui avait connu des jours meilleurs. Bagayoko me jaugeait d'un air fat depuis son bureau immense et nu. J'avais oublié de préciser qu'il fuyait le travail comme la peste, déléguant tout ce qu'il pouvait à ses subordonnées pour s'adonner à son vice : le poker sur Internet.

— Bonjour, monsieur Camara, qu'est-ce qui vous amène ?

Je pris un air étonné de circonstance.

— Vous n'avez pas eu d'appel de Kansaye ?

Il fit mine de s'en souvenir.

— Oui ! C'est vrai que le directeur m'a contacté tout à l'heure. Vous souhaitez avoir des éléments relatifs à notre enquête sur l'interpellation de Bahia Tebessi.

Il se pencha en avant en faisant glisser une feuille de papier tachée de gras sur laquelle étaient

1. Amadou Toumani Touré.

griffonnées quelques notes sommaires que j'aurais été bien en peine de déchiffrer.

— Voici ce que je peux vous communiquer. Une enquête est en cours, vous serez aimable de ne pas divulguer ces informations, dit-il avec un petit sourire, ravi de la bonne farce qu'il me jouait.

Je ne bronchai pas et nous restâmes ainsi quelques instants à nous dévisager. Mal à l'aise, il s'agita dans son fauteuil en faux cuir qui crissa nerveusement. Cela me rassura de constater que certains se faisaient encore avoir.

— Vous ne prenez pas la feuille ? demanda-t-il avec un peu d'agressivité dans la voix.

— Il doit y avoir une erreur, j'ai demandé à m'entretenir avec Mlle Tebessi en personne, répondis-je avec un petit sourire méprisant.

— C'est impossible ! Nous sommes saisis dans le cadre d'une commission rogatoire. Le secret de l'enquête, vous connaissez ?

— Absolument pas, ricanai-je en songeant qu'il avait probablement déjà vendu les informations en sa possession aux journalistes locaux, à ceux de RFI et à ceux de la BBC.

Je me levai en saluant mon interlocuteur et sortis dans la fournaise de ce début d'après-midi. Putain de cagnard. Instantanément, je fus recouvert par une fine pellicule de sueur. Tout en composant le numéro du directeur de la police judiciaire, je me demandai combien de fois dans une journée elle pouvait passer de l'état liquide à l'état solide et inversement. Lorsque Kansaye décrocha, je l'informai de l'impasse dans laquelle je me trouvais.

— Bagayoko est un con, je le rappelle immédiatement.

J'allumai un cigarillo et attendis à l'ombre du manguier.

Bagayoko dut se prendre une belle engueulade, car, dans les minutes qui suivirent, le garde, devenu obséquieux, m'enjoignit de le suivre, un trousseau de clés tintinnabulant à la main. Il m'amena devant les locaux de garde à vue comme les flics les avaient pompeusement baptisés. Ils étaient situés à l'extérieur de la villa, constructions sommaires posées dans une courette à l'arrière du bâtiment principal des stups. En fait cela tenait plus des cages ouvertes aux quatre vents que de véritables cellules. Des murs en parpaings nus, des barreaux piqués de rouille, même les pensionnaires du zoo de Bamako – réputé pour être un mouroir à animaux – étaient mieux logés.

Quelques prisonniers léthargiques, affalés contre les barreaux, me considérèrent avec un morne intérêt. Ils nous suivirent de leurs yeux apathiques et jaunâtres, le visage mitraillé par des mouches tenaces. Bahia Tebessi était allongée sur une maigre paillasse posée à même le sol de béton poussiéreux. Au fond, une odeur pestilentielle émanait des toilettes à la turque. J'imaginai sans peine la jeune femme sans intimité, offerte au regard des autres prisonniers et à celui des gardes. Elle se redressa, faisant jouer péniblement ses membres ankylosés, et s'avança vers moi. Le garde me proposa d'apporter l'une de ces immondes chaises basses en plastique, mais je déclinai. Il s'éloigna en traînant ses tongs dans la poussière.

— Qui êtes-vous ? demanda Bahia d'une voix faible.

Deux semaines qu'elle pourrissait dans cet enfer, à la merci des mouches le jour et des moustiques la nuit, sous une chaleur accablante. Je ne lui trouvai pas si mauvaise mine finalement.

— Mademoiselle Tebessi, je suis Solo. Votre sœur m'a engagé afin que vous ne restiez pas plus longtemps qu'il ne faut dans ce pays.

— Faten m'en a parlé tout à l'heure. Elle vient me voir tous les jours.

Sa voix était faible, presque un soupir. Ses doigts trituraient son tee-shirt crasseux. Elle ressemblait beaucoup à sa grande sœur, bien que plus menue avec des traits volontaires sur lesquels se lisait une lassitude désespérée. Elle n'en était pas moins jolie pour autant, avec des larmes qui scintillaient dans ses yeux gonflés de fatigue. J'ai toujours été sensible aux larmes des femmes. Elle eut un sanglot douloureux.

— Si je comprends bien, vous êtes mon sauveur ?

— Si on veut, marmonnai-je. Avant toute chose, j'ai besoin d'en savoir plus sur vous et sur ce qu'il s'est passé.

Elle se tut, rassemblant ses pensées comme on bat le rappel d'une armée en déroute.

— J'ai déjà tout dit aux policiers. C'est vraiment nécessaire ?

— Impératif. Allez-y, je vous écoute.

Elle prit une inspiration et se lança.

— C'était il y a deux mois, j'ai rencontré un type dans le RER, un *keum* de mon quartier…

— Quel quartier ?

— La cité des Musiciens à Argenteuil.

D'un signe de tête, je l'incitai à poursuivre.

— Il savait que j'étais dans la galère, que mon mec m'avait plantée en me laissant sans thune avec Samia – Samia, c'est ma fille. J'avais beau travailler, j'arrivais pas à m'en sortir. Le loyer, les transports, la nounou… J'avais besoin de fric. Ça devenait urgent même.

— Pourquoi ne pas avoir demandé à vos parents ou à votre sœur de vous aider ?

Je m'en voulus immédiatement. Elle se tendit, son menton se redressa et ses yeux brillèrent.

— J'ai ma fierté.

Pendant une fraction de seconde, je devinai sous les loques crasseuses et les cheveux emmêlés un orgueil féroce. Je me retins de lui faire remarquer que sa fierté passée lui valait maintenant les ultimes humiliations, car, au fond, j'avais de l'indulgence pour ce travers. Je décidai de revenir à ce qui nous intéressait.

— Cela ne me regarde pas de toute façon. Comment s'appelait ce type, celui du RER ?

— Je ne connais que son prénom : Demba. C'est un keubla. Il m'a proposé de gagner quelques milliers d'euros sans risque. Je devais aller au Mali sans rien débourser, passer une semaine dans un hôtel de luxe aux frais de la princesse et attendre que ses associés me contactent pour ramener de l'or en contrebande dans mes bagages. Il m'a promis que c'était sans risque et que je ne pouvais pas me faire choper par les keufs qui étaient à la solde de ses potes du Mali. Arrivée en France, je devais me rendre dans un motel en Seine-et-Marne et lui remettre le colis.

Elle s'animait en parlant, ses traits se crispaient sous l'effet de la colère.

— Le mois dernier, il m'a remis un billet d'avion pour Bamako. Dans l'aérogare, un type qui disait s'appeler Sinaly m'attendait avec une pancarte à mon nom. Il m'a aidée à récupérer mon sac de voyage, m'a filé de la thune et m'a fait monter dans un gros 4 × 4 noir. Il m'a emmenée jusqu'à l'hôtel Olympe…

Je connaissais cet établissement situé sur la rive droite du fleuve, au bord de l'avenue de la CEDEAO[1] sur la colline surplombant les eaux grasses du Niger. C'était un hôtel immense à l'architecture soviétique autrefois luxueux, mais dont il ne restait que les vestiges dérisoires.

— Je suis restée là-bas pendant une dizaine de jours et Moussa m'a recontactée, dit-elle rapidement.

— Qu'avez-vous fait dans l'intervalle ? demandai-je en l'interrompant.

Je trouvai un peu suspect son empressement à éluder ce qui s'était passé pendant cette fameuse semaine.

— Je… J'ai pris du bon temps avec l'argent que m'avait donné Sinaly. Piscine, boîtes de nuit, des trucs de jeunes quoi !

Je hochai la tête.

— D'accord, continuez.

1. Communauté économique des États d'Afrique de l'Ouest.

— Sinaly m'a appelée jeudi dernier en fin d'après-midi sur le portable prépayé qu'il m'avait filé. Il m'a dit de me préparer à partir le soir même. Il voulait que je laisse mon sac de voyage à l'hôtel, car il devait me remettre une valise à la place. Une valise avec l'or dedans. Mais moi je voulais pas abandonner mes bagages parce que j'avais acheté des souvenirs pour ma famille et pour Samia. Alors Sinaly s'est fâché, il m'a dit que si je faisais pas ce qu'il voulait on allait me retrouver avec le ventre ouvert. Il a dit que j'étais pas dans mon pays et que je connaissais pas les règles ici. Alors j'ai fait comme il disait, j'ai laissé ma valise et je l'ai rejoint à l'aéroport. Il m'a filé une autre valise que j'ai enregistrée. Quand j'ai passé les contrôles, les flics m'attendaient… avec la valise. C'est là que j'ai découvert que c'était pas de l'or que je devais ramener en France.

Je sortis un paquet de cigarettes de ma poche et lui en proposai une, elle accepta avec reconnaissance. Pendant que je lui donnais du feu à travers les barreaux, ses petites mains agrippèrent les miennes qui tenaient le briquet.

— Faten m'a dit que Samia me réclame. Sortez-moi de là, monsieur Camara, hoqueta-t-elle, je ne vais pas tenir longtemps.

— Je vais faire tout mon possible.

4

Moussa Guindo était jeune, tout au plus une trentaine d'années. Vêtu d'un costume occidental de la meilleure coupe, il avait croisé ses bras longs comme des compas sur son ventre déjà bedonnant. Ses yeux inquisiteurs me jaugeaient avec curiosité derrière une paire de lunettes de marque dont je soupçonnais que la seule réelle utilité était de lui conférer l'assurance qui lui faisait défaut. Il appartenait probablement à une de ces riches familles bamakoises qui considèrent que les hautes fonctions de l'État sont des charges que l'on échange ou que l'on achète. Guindo devait déjà se rêver en procureur général ou, mieux encore, en garde des Sceaux.

— Alors comme ça vous représentez les intérêts de Bahia Tebessi, dit-il avec un peu de méfiance.

— Tout à fait, monsieur le juge, et je dois dire que je suis impressionné, répondis-je en arborant mon sourire le plus éclatant.

— Comment cela ?

Il fronçait les sourcils. Il était temps de le dérider.

— Il me faut confesser qu'avant de vous rencontrer je me suis renseigné sur vous.

— Ah bon ? Et que vous a-t-on dit ? demanda-t-il avec intérêt.

Je me penchai vers lui et déclarai sur le ton de la confidence :

— Il semblerait que vous ayez réussi de brillantes études et que vous soyez sorti diplômé de l'ASSAS…

Je savais par Kansaye qu'il avait été un étudiant médiocre, repêché en raison d'une demande diplomatique de la chancellerie.

— … On parle de vous avec beaucoup de respect, poursuivis-je. Il en est même certains qui vous imaginent dans quelques années aux plus hautes fonctions de l'État…

Il se rengorgea et eut un petit geste modeste.

— Vous allez vite en besogne, monsieur Camara.

Je fis mine de m'interroger.

— Tout de même, je me demandais…

— Oui ?

— Pourquoi un étudiant aussi brillant a-t-il choisi l'austère mais honorable carrière de magistrat, avec le traitement modeste qui s'y attache, alors qu'il aurait pu exercer ses talents dans une grosse société au sein de laquelle il aurait gagné beaucoup d'argent ?

En mon for intérieur, j'eus le sentiment de pontifier un peu trop. Mais cela n'eut pas l'air d'éveiller les soupçons du jeune juge. Bien au contraire, Moussa Guindo se cala confortablement dans son fauteuil, posa les coudes sur son bureau et croisa les mains.

— Voyez-vous, monsieur Camara…

Il réfléchit quelques secondes, choisissant soigneusement ses mots.

— Le service de l'État nécessite parfois quelques sacrifices. J'aime mon pays et je veux lui rendre ce qu'il m'a donné comme le fils se doit d'honorer sa mère à la mamelle de laquelle il a bu le lait de la vie.

Je dois reconnaître que j'en restai coi pendant quelques secondes. Pour ce qui est de pontifier, j'étais battu et à plates coutures.

— C'est beau ce que vous dites et c'est si vrai, fis-je la larme à l'œil.

— Merci. Pour en revenir à notre affaire, je ne vous cacherai pas qu'elle est mal engagée.

— Je n'en doute pas, acquiesçai-je.

— Les preuves sont irréfutables, irréfragables, oserais-je même dire.

— Sans doute, sans doute. Mais j'imagine qu'un homme de votre importance ne doit avoir que peu de temps à perdre à enquêter sur un gibier aussi misérable qu'une pauvre mule.

— Je compte bien dévider le fil de la pelote jusqu'au cerveau de ce sinistre commerce, dit-il avec passion.

— Monsieur le juge, nous savons tous deux que, dans ce genre d'affaires, les organisateurs de ces réseaux compartimentent leurs activités. Je doute que Bahia Tebessi puisse vous en dire plus que ce qu'elle a déjà déclaré aux policiers. Si vous accordez trop d'importance à cette piste – qui se révélera une impasse, à n'en point douter –, vous courez tout droit à l'échec et risquez de provoquer le désappointement de vos supérieurs en proportion de l'espoir que vous aurez suscité.

Il prit un air soucieux. Comme je m'y attendais, il n'avait pas beaucoup réfléchi au problème, plus occupé à cirer les pompes de sa hiérarchie.

— Que suggérez-vous alors ?

Je désignai l'antique ordinateur qui traînait sur le bureau du magistrat.

— La famille de Bahia Tebessi est prête à consentir une aide substantielle à la justice de ce pays si elle accepte de se comporter avec bienveillance dans ce dossier. Vous pourriez remplacer cet outil d'un autre âge.

Je retenais mon souffle.

— Cette aide, à combien la chiffreriez-vous ?

L'hameçon était dans la gueule du poisson. Un peu de doigté maintenant.

— Deux millions, la famille est d'origine modeste.

Il leva les yeux au ciel.

— Que voulez-vous que je fasse avec une somme indigente ? Vous voyez bien que nous sommes dans le dénuement le plus extrême. Dites à vos clients que cela leur coûterait bien plus cher en avocats.

Je fis mine de réfléchir, l'air contrarié.

— Nous serions prêts à aller jusqu'à trois millions, mais pas au-delà.

Moussa Guindo était plongé dans une intense réflexion.

— Quatre millions. C'est mon dernier mot. N'oubliez pas que je vais devoir justifier cette ordonnance de non-lieu. Cela ne va pas être simple dans la mesure où la presse s'est emparée de l'affaire.

Je souris avec commisération. Il allait devoir arroser ses supérieurs pour faire passer la pilule. Je me levai en sortant mon téléphone portable de ma poche. Il ne fallait surtout pas céder trop vite.

— Je vais tenter de contacter mes clients et de les convaincre.

Il opina et je sortis de son bureau. Dans la cour du tribunal de grande instance de la commune III, le téléphone sur l'oreille pour donner le change, je me grillai une cigarette, pas mécontent de moi. Lorsque ma clope fut terminée, je retournai dans le bureau de Moussa Guindo.

— C'est d'accord. Ils acceptent le marché.

Nous nous serrâmes la main pour sceller l'accord et nous mîmes au point les modalités de la remise de la somme qui aurait lieu le lendemain en fin de matinée.

— Je vous félicite, monsieur le juge, pour votre abnégation et votre sens du service public, dis-je en sortant de son bureau.

5

Je pense à eux tout le temps. C'est con, quand ils étaient en vie, je n'y pensais pas assez. Je menais une vie de merde, une vie à cent à l'heure, toujours sur la brèche. Les filoches, les interpellations, l'adrénaline, toutes ces conneries. Aux stups on s'imaginait qu'on était les seuls à vivre cela, on était une caste à part, en dehors de la société qu'on défendait. Alors on s'autorisait quelques libertés, c'était bien normal. On se payait sur la bête en fait. La picole et la came, les putes et les étreintes indignes, les motels miteux et les draps moites, les cernes et l'haleine chargée. Et le lendemain ses regards à elle, lourds, meurtris. Moi qui baissais les yeux.

En fait c'est bien moi qui les ai tués, à ne pas avoir été là, à n'avoir rien fait comme il le fallait, à n'avoir pensé qu'à ma gueule. Elle voulait partir vers le soleil, moi pas ; ma vie était là avec ce boulot de merde. Maintenant, je trimbale ma culpabilité comme une valise encombrante dont je n'arrive pas à me défaire. Cette douleur lancinante, j'arrive parfois à l'oublier un peu, mais elle est toujours là, en embuscade. Elle m'empêche de les enterrer une fois pour toutes.

Elle me punit.

Ce matin, pour une fois, je n'y pensais presque pas. J'avais rencard. Je me rendais à l'hôtel Laïco pour rencontrer Faten Tebessi. Elle m'attendait à l'extérieur, sirotant un jus de fruits au bord de la piscine. Elle portait une robe kaki qui mettait en valeur sa silhouette élégante et une paire de chaussures légères à talons hauts. Mon père disait toujours que les chaussures révèlent tout de la personnalité d'une femme. Ce que dévoilaient celles-là m'asséchait la bouche. Nous nous serrâmes la main tandis que le garçon s'avançait. Je commandai la même chose qu'elle, même si j'aurais préféré quelque chose de plus relevé. Elle ne revint pas sur ma négociation avec Guindo et sur l'argent que je lui avais fait économiser. Nous bavardâmes quelques minutes et elle me remit la somme dans une sacoche en tissu et la moitié du million qu'elle me devait dans une grosse enveloppe en m'assurant qu'elle me remettrait le restant dès que sa sœur serait libérée. Ce n'était pas ce qui était prévu, mais je ne bronchai pas. Je sentais bien qu'elle voulait écourter notre entrevue, que ces histoires de corruption, maintenant qu'elles étaient presque réglées, lui pesaient. Je me dis qu'ainsi j'aurais l'occasion de la revoir. Je me levai et la saluai.

Plus tard dans la matinée, je remis l'argent à Moussa Guindo et je dus patienter un bon quart d'heure, le temps qu'il vérifie laborieusement que le compte y était. Lorsque enfin il fut rassuré, il me remercia chaleureusement et nous nous quittâmes en bons termes. Je passai le reste de la journée à m'occuper de la paperasse en souffrance qui colonisait l'essentiel de mon bureau.

Je reçus ensuite une femme corpulente et affolée, en larmes et tout essoufflée d'avoir grimpé les quelques marches pour arriver à mon bureau. Elle exhalait une odeur entêtante de patchouli et de transpiration. Je dus me retenir d'ouvrir la fenêtre. Tout en se mouchant bruyamment, elle me demanda de vérifier si son époux, un riche homme d'affaires, voulait vraiment prendre pour seconde épouse sa jeune maîtresse plus mince et plus fertile comme l'affirmaient certains de leurs amis communs. Ses larmoiements provoquèrent chez moi une migraine que je soignai, après son départ, d'un verre de scotch, puis d'un second, la douleur persistant à me pilonner la boîte crânienne. Ma cliente avait laissé sur mon bureau une liasse de billets graisseux sans même que je lui réclame une avance. Longtemps après qu'elle fut partie, je fixais le pognon sans avoir le courage de compter les coupures.

Je passai l'après-midi à prendre en chasse le mari sans pour autant réussir un flagrant délit d'adultère. Je décidai de rentrer chez moi. J'habite le quartier résidentiel de Badalabougou sur la rive droite du fleuve. À sa mort, quatre ans auparavant, mon père m'a légué une maison dans la rue 13 et une jolie somme qui me met à l'abri du besoin. C'est une charmante bâtisse un peu défraîchie datant de la période coloniale, les pieds dans le fleuve surtout en période de crues. Tout ce qui restait de l'héritage du vieux, l'essentiel de sa fortune ayant été dilapidé par mes demi-frères et demi-sœurs. Mon père avait fait ses études en France où il avait rencontré ma mère dans les années soixante-dix, une bourgeoise bon teint du 6e arrondissement de Paris. Leur union avait causé quelques désagréments à leurs familles respectives – surtout à celle de ma mère pour être honnête. À l'époque, cette alliance était considérée comme contre nature. La passion des étreintes enfiévrées s'émoussant au fil des années, il n'était bientôt plus resté que la différence culturelle. Les infidélités à répétition d'un côté contre le mépris glacé de l'autre. La goutte d'eau fut Bamako : mon père tenait à y revenir le plus souvent possible quand ma mère abhorrait cette « ville puante, cet infâme et immense caniveau à ciel ouvert ». Finalement, après avoir fait une carrière dans une banque d'affaires française, le vieux avait réinvesti une partie de son magot dans ce pays que méprisait ma mère. Ce fut le coup de grâce de leur union. Ils se séparèrent, me tiraillant entre leurs deux mondes : l'Afrique et l'Europe, le nord et le sud, le blanc et le noir. Mon père se remaria et eut plein d'enfants à un âge avancé pendant que ma mère s'enfonçait dans l'amertume. Ils s'aimaient toujours, mais leurs différences étaient les plus fortes. Je restais, pour l'un comme pour l'autre, l'incarnation du souvenir de leurs erreurs et de leurs espoirs déçus. Dans ces couples mixtes comme on les appelle stupidement, pour que cela fonctionne, il faut toujours que l'un des deux se sacrifie, renonce à son héritage. Mon héritage à moi se tenait devant moi, au bout d'une rue de terre battue.

Je klaxonnai et Drissa, mon *gardinier* – comme

on appelle à Bamako celui qui fait office de gardien et de jardinier –, ouvrit le portail pour laisser entrer mon vieux Toyota qui faisait lui aussi partie de la succession. Il ouvrit la portière grinçante du vieux 4 × 4 en me saluant chaleureusement.

— Bonsoir Patron, comment était ta journée ? demanda-t-il comme il le faisait tous les soirs depuis des années.

Je lui répondis, comme d'habitude, qu'elle s'était bien passée et, après m'être défait, je me rendis sur la terrasse en face du fleuve pendant qu'il préparait deux scotchs dans le salon. Sur la petite table en rotin, j'ouvris la boîte à cigares et pris un des robustos cubains que me procurait un client libanais en remerciement d'un service que je lui avais rendu. J'entendis tinter les glaçons en allumant le cigare. Je secouai l'allumette pour l'éteindre et aspirai une bouffée du tabac riche et gras. Drissa revint, tenant précautionneusement les verres remplis jusqu'en haut de la ligne de flottaison. Il avait plus de soixante ans, sa vue déclinait, sa main tremblait, car il picolait sec, même s'il était musulman, mais jamais il ne renversait une goutte de mon scotch. Drissa avait des principes. J'aimais ce visage raviné et patiné comme du vieux cuir, ces yeux cireux toujours noyés de larmes, ces cheveux blancs laineux dans lesquels venaient s'accrocher des brins de coriandre et de basilic lorsqu'il cuisinait. Plusieurs fois je l'avais incité à prendre sa retraite, mais il refusait obstinément, alléguant souvent qu'il avait été au service de mon père avant d'être au mien et qu'il serait – promettait-il – au service de mon fils quand le moment serait venu. Je ne lui en voulais pas, il ignorait quelle douleur il ravivait à chaque fois. Je savais que rien ne l'attendait en dehors de cette maison – sa famille vivait au Burkina Faso et l'avait oublié depuis longtemps. Il mourrait dès qu'il ne serait plus utile à personne, alors nous prenions soin l'un de l'autre.

Il s'assit à côté de moi et alluma une cigarette de contrebande. Après avoir entrechoqué nos verres, nous bûmes en silence.

Sur le fleuve des pêcheurs lançaient leurs éperviers tandis que le soleil s'effondrait en amont dans un lit de couleurs improbables.

J'aime tellement les couchers de soleil.

6

Du fond de mon rêve, je sentis qu'on m'agrippait et qu'on me secouait. J'enfouis mon visage dans l'oreiller en grognant. À nouveau, on me secoua.

— Patron, réveille-toi !

Je reconnus la voix de Drissa.

— Mais bordel, qu'est-ce qu'il se passe ? grondai-je en m'extirpant de la mare huileuse dans laquelle je plongeais chaque nuit.

J'avais les yeux collés et un goût saumâtre dans la bouche. Drissa se tenait devant moi en slip et en gilet de corps troué et taché.

— C'est la police, ils demandent après toi !

Je me redressai dans le lit. Mon réveil indiquait 5 h 39, je soupirai, me levai et me dirigeai vers la chaise sur laquelle j'avais balancé mes sous-vêtements.

Il attendait devant le portail. Un type en uniforme bleu ciel debout devant un pick-up sur lequel était peint au pochoir « police nationale – commissariat du 7e arrondissement ». La peinture des lettres avait bavé. Je me présentai à lui, tout englué de sommeil, en tee-shirt et en caleçon. Cela n'eut pas l'air de le gêner.

— Le directeur de la police judiciaire vous fait demander, *Warakalan Jeman*, déclara-t-il l'air amusé par ma mise.

Il refusa d'en dire plus. Agacé, je fis un passage éclair sous la douche pendant que Drissa faisait couler un café. J'enfilai mes habits de la veille, nouai mon chèche autour du cou et avalai rapidement le breuvage épais et noir comme du pétrole mais avec un goût franchement plus dégueulasse. Mes facultés presque recouvrées, je rejoignis le policier qui patientait dans la voiture ; nous roulâmes en silence, le trafic était encore fluide au point du jour. Après avoir franchi le pont des Martyrs, nous traversâmes le quartier de Niaréla. Le soleil se hissait dans le ciel vide de tout nuage. Il faisait déjà chaud et la journée s'annonçait suffocante, pensai-je en bâillant. Je me demandais ce que voulait de moi Kansaye. Il n'avait pas la réputation d'être un lève-tôt et il fallait que l'affaire fût d'importance pour que le puissant directeur de la police judiciaire se rende en personne sur une scène de crime – du moins j'imaginais qu'il s'agissait de cela, il sollicitait régulièrement mon point de vue dans le cadre d'affaires criminelles. Je sentis naître au fond de moi une sourde inquiétude, comme le présage d'une catastrophe.

Par la vitre crasseuse du pick-up Toyota, je vis des femmes faire leurs ablutions le long des caniveaux et des types se brosser les dents avec des branchettes d'acacia. Dans la zone industrielle de Bamako, une file ininterrompue de poids lourds déglingués était garée le long de la route. Les chauffeurs dormaient dans leurs cabines hors d'âge, ils n'étaient autorisés à circuler dans la capitale que de nuit pour éviter d'aggraver les problèmes de circulation. Nous parvînmes enfin dans le quartier de Sotuba. Le pick-up se gara devant le centre agraire, à la suite de deux autres véhicules bleu marine de la police et d'une Renault Laguna blanche que je reconnus comme étant celle de la brigade d'investigations judiciaires, nouvelle appellation de la brigade criminelle. Des policiers somnolaient dans la benne des 4 × 4. Mon chauffeur me désigna laconiquement un attroupement sur la rive du fleuve et se cala dans le fauteuil en fermant les yeux. Une fraction de seconde plus tard, il dormait à poings fermés. Pour rejoindre les flics, je dus traverser un terrain en friche dont les hautes herbes m'inspirèrent les plus vives inquiétudes. Je craignais qu'un reptile sournois s'y dissimulât. Les bords du fleuve sont infestés de serpents dont la majorité est venimeuse. Je déteste ces bestioles, personne ne me fera jamais croire que Dieu est impliqué dans leur création. J'avançais donc prudemment en rabattant les buissons, en ne posant le pied qu'après avoir la certitude qu'aucune de ces saloperies visqueuses ne se trouvait dissimulée en dessous.

Kansaye, vêtu de son boubou bleu clair, était en grande discussion avec l'un de ses collaborateurs, Pierre Diawara, un grand type, la cinquantaine, le visage jovial, vêtu d'une chemisette légère et d'un pantalon de toile. C'était surtout un commissaire principal et le chef de la brigade d'investigations judiciaires. Il écoutait attentivement le directeur de la police judiciaire, mais, lorsqu'il m'aperçut du coin de l'œil, son visage s'éclaira. Kansaye suivit son regard et me dévisagea froidement.

— Enfin te voilà. Tu as du mal à décoller ton cul de toubab de ton lit ?

Je le saluai cérémonieusement et Kansaye se crispa, devinant l'ironie sous les platitudes protocolaires. Puis j'embrassai Pierre qui était devenu au fil des années l'un des rares vrais amis que j'avais à Bamako.

— Monsieur le directeur, puis-je savoir ce qui me vaut l'honneur d'être convoqué dès potron-minet ?

— Arrête de te foutre de ma gueule, Solo. (Puis se tournant vers Pierre :) Emmène-le, Diawara !

Le chef de la brigade d'investigations judiciaires, me prenant par le coude, me conduisit sur la rive du fleuve.

Elle était là, flottant entre deux eaux du Djoliba[1], les yeux grands ouverts dans une expression de surprise indicible.

Bahia Tebessi.

Son corps était coincé par l'aisselle dans les racines immergées d'un arbuste fluvial. Ses cheveux noirs ondulaient mollement au gré du courant. Sa gorge avait été tranchée si profondément que sa tête ne tenait plus que par la colonne. Elle était nue et sa chair blanche faisait comme une tache obscène dans l'eau tiède. Je fermai les yeux, une montée de bile me brûlant l'œsophage. Je jetai un œil aux alentours. En amont, le chantier de construction du troisième

1. Nom mandingue du fleuve Niger.

pont de Bamako dressait son squelette en béton dont le tablier formait la colonne vertébrale. Des dizaines d'ouvriers chinois s'activaient comme des fourmis besogneuses. On l'avait certainement balancée de là.

— Elle devait en savoir plus qu'on n'imaginait.

Kansaye se tenait à côté de moi, le visage imperturbable.

— On dirait bien, répondis-je avec une extrême lassitude.

— C'était bien ta cliente ?

— Pas elle, sa sœur. Une avocate parisienne.

Il opina en ruminant de sombres pensées.

— J'ai essayé de te joindre tôt ce matin. Tu ne réponds jamais sur ton portable ?

Je sortis mon téléphone de la poche de ma veste dans laquelle il avait passé la nuit ; j'avais une douzaine d'appels en absence. Kansaye et Faten Tebessi.

— Quelqu'un a prévenu la sœur ? demandai-je d'une voix atone.

Elle sortit du taxi, les yeux rougis et gonflés. Elle s'avança d'un pas hésitant, jetant des regards éperdus autour d'elle, qui passèrent à travers moi comme si j'étais transparent. Les flics avaient interrompu leurs tâches pour la dévisager avec curiosité. Je marchai à sa rencontre. Elle ne me voyait toujours pas et, lorsqu'elle aperçut les brancardiers chargeant le corps recouvert d'un drap humide dans un vieux break Mercedes noir, elle se précipita vers eux. Je m'interposai et la retins en la prenant dans mes bras. Elle tenta mollement de se dégager puis toute force la quitta. Elle glissa au sol, secouée de sanglots silencieux. Je m'accroupis et pris son visage entre mes mains.

— Je sais ce que vous ressentez.

Elle m'observa d'un air hagard.

— Qu'est-ce que je vais dire à mes parents ? Qu'est-ce que je vais dire à Samia ?

— Venez, allons-nous-en, dis-je en l'aidant à se relever.

7

Nous regagnâmes le goudron[1] et, par chance, nous attrapâmes rapidement un taxi en maraude, une vieille Mercedes 190 jaune comme il y en a des milliers à Bamako. Je donnai une adresse au chauffeur ensommeillé qui nous déposa non loin de là, devant l'hôtel Mandé dans le quartier du Niger. Autrefois, cet établissement avait été le fleuron de l'hôtellerie malienne, mais les années avaient passé. On devinait encore sous les peintures écaillées les vestiges de sa gloire hôtelière. Après avoir traversé le hall, je saluai le réceptionniste tout en guidant Faten Tebessi, hagarde, jusqu'à la terrasse montée sur pilotis. Juste au-dessous on pouvait entendre clapoter le Djoliba. Les pêcheurs bozos remontaient le courant à la force de leurs pagaies pour rejoindre leurs coins de pêche. Un serveur apathique s'avança et je commandai deux cafés. Faten restait désespérément mutique.

— J'ai essayé de vous appeler cette nuit, finit-elle par dire d'une voix éraillée.

1. Autre nom de la route bitumée en Afrique de l'Ouest.

— Je sais.

Elle allait répliquer, mais elle se ravisa quand le serveur arriva avec notre commande. Il posa les cafés sur la table et s'esquiva.

— Je devais passer prendre Bahia à la brigade des stups, hier soir…

Sa voix mourut. Les larmes ruisselaient et formaient un goutte-à-goutte au bout de son menton ; elle ne faisait rien pour les essuyer.

— Les policiers m'ont dit qu'elle était déjà partie. Qu'elle avait pris un taxi… sans m'attendre. Pourquoi a-t-elle fait cela ?

J'avalai une gorgée du café. Infect.

— Qu'allez-vous faire maintenant ? demandai-je.

— Je vais appeler mes parents puis je m'occuperai des formalités administratives. Je vais faire rapatrier le corps, dit-elle les yeux absents.

— Si je peux vous être utile, n'hésitez pas.

Elle remuait obstinément la cuillère dans la tasse sans pour autant se décider à toucher à son café.

— Oui, vous pourriez m'être d'une grande utilité.

— Je vous écoute.

Soudain, son regard flamboya d'une détermination inflexible.

— Je veux que vous traquiez ceux qui ont fait cela à ma sœur et que vous les tuiez. Tous.

Ses doigts s'étaient crispés et formaient comme des serres sur la nappe poussiéreuse. Je ne bronchai pas, encaissant le coup en silence. Sur la rive en face, des gamins se savonnaient en piaillant joyeusement.

— Je ne fais pas ça.

— Vous l'avez déjà fait. Faites-le encore, dit-elle en contenant à grand-peine une rage fielleuse.

— Non.

— Je vous paierai. Je vous donnerai beaucoup d'argent.

Je me levai et jetai un billet de deux mille sur la table.

— Il ne s'agit pas de cela. Je ne suis pas un tueur.

Je tournai les talons tandis que derrière moi retentissait une voix hystérique.

— Si, vous l'êtes ! Vous avez ça dans le sang !

8

Les jours suivants, elle m'appela une bonne vingtaine de fois, mais je m'interdis de répondre. Au bout de quatre jours, les appels cessèrent. Je m'abandonnai alors à la léthargie routinière de mes enquêtes. Plus particulièrement, je m'attelai à mon affaire de mari indélicat que la femme soupçonnait de vouloir épouser l'objet de son désir, que j'identifiai rapidement comme étant sa secrétaire. Je dois reconnaître que la jeune femme était spectaculaire et qu'elle aurait mis l'eau à la bouche du plus acharné des ascètes. Son recrutement ne devait probablement que très peu à ses compétences en dactylographie. Je parvins à les prendre tous deux en flag, dans un maquis, ces bars qui abritent souvent les amours clandestines. Je m'assis à la table voisine de la leur, commandai une Castel et, tout en faisant semblant d'écrire un message, les pris en photo avec mon téléphone. L'image était floue, mais on en devinait suffisamment pour ne pas avoir de doute sur la nature de leur relation. Les yeux collés sur l'écran de téléphone, j'écoutai discrètement la conversation entre les deux tourtereaux.

J'appris ainsi que la jeune femme s'appelait Aïssata et qu'elle venait de Côte d'Ivoire.

Satisfait, je finis ma bière, me levai et quittai les lieux. Dans la rue, je consultai ma montre : 19 h 30. J'appelai Drissa pour lui dire de ne pas m'attendre et montai dans mon vieux Toyota. J'avais faim. Je choisis d'aller manger une pizza chez Milo et d'écluser avec lui quelques godets de scotch. Le restaurant « Chez Milo » est situé dans le quartier de Niaréla dans une rue de latérite. Pendant que je me garais le long du mur lézardé de la pizzeria, un infirme équipé d'une béquille de fortune me rejoignit et fit mine de me guider dans la manœuvre. Lorsque je sortis en faisant grincer la portière, il me salua chaleureusement.

— Bonsoir, Patron, tu veux que je garde ta voiture ?

Je jetai un œil à mon tas de tôles cabossées.

— Tu crois que ça en vaut vraiment la peine ?

— Vraiment, ça le vaut. C'est une bonne voiture. Y a pas mieux dans tout le Mali, dit-il avec malice.

J'acquiesçai et, alors que j'entrais dans la pizzeria, il me fit un petit signe amical pour m'assurer de sa vigilance. Une demi-douzaine de couples dînaient à la belle étoile sur la terrasse du restaurant. Des serpentins, dont la fumée était censée éloigner les moustiques, brûlaient sous les tables. Milo était assis au bar extérieur, sirotant un Jack Daniel's et houspillant son pizzaïolo, comme à son habitude.

— Putain ! Qui c'est qui m'a refilé un cuisinier pareil ? Fais un peu attention, bordel ! Les pizzas méritent notre respect.

Je m'assis à côté de lui au bar.

— Salut, Camara. Comme d'habitude ? dit-il en me tendant une large pogne, que je serrai.

Je lui tendis mon paquet de cigarillos, il se servit et nous allumâmes nos ninas à la flamme de mon Zippo. La légende voulait que le Serbe ait servi dix ans dans la Légion étrangère, comme infirmier ou tireur d'élite, je ne savais pas trop. Toujours est-il qu'il n'en parlait jamais, même lorsqu'il était ivre, ce qui arrivait assez souvent. Milo Stojakovic n'était pas très grand, un mètre soixante-dix, tout au plus. Des épaules larges et des avant-bras épais saillant de l'une de ses affreuses chemisettes hawaïennes qu'il avait coutume de porter décourageaient les plus téméraires des bagarreurs. Mais ce qui impressionnait le plus chez lui était l'intensité du bleu de ses yeux perdus au milieu d'un visage large et parcouru de rides profondes comme des crevasses. On pouvait y lire une violence animale, sans limites. Je le connaissais depuis des années mais il m'inquiétait toujours un peu. Personne ne savait depuis combien de temps il roulait sa bosse en Afrique, et d'ailleurs personne ne savait quel âge il avait réellement. Pour ma part, je lui donnais entre quarante-cinq et soixante ans.

Une serveuse posa devant moi un verre de Macallan sans glace et un cendrier. Milo avait des potes libanais qui arrivaient à lui procurer des trucs improbables sous ces latitudes comme un single malt de qualité. Je savourai une gorgée du nectar et nous restâmes ainsi à boire et à fumer.

— Tu bouffes avec moi ? finit-il par demander en écrasant le reste fumant de son cigarillo.

La serveuse nous installa sous une tonnelle. Toujours en silence, nous mangeâmes deux quatre-saisons en regardant le ciel de Bamako. À la fin du repas, il exhiba fièrement deux Cohiba Esplendidos que lui procuraient ses amis cubains, coopérants en poste à l'hôpital Gabriel-Touré de Bamako. On pouvait dire de Milo Stojakovic qu'il avait du réseau.

Nous fumâmes devant nos whiskys, que la serveuse renouvelait complaisamment. Lorsque je sortis, je chancelais un peu et je me sentais presque bien. Alors que j'approchais de mon véhicule, l'infirme me rejoignit et tendit la main. D'humeur charitable, je lui filai un billet de mille francs. Il sourit et me tint la porte pendant que je montais dans mon 4 × 4. J'allais démarrer quand il tapota sur la carrosserie de ma voiture.

— Patron, je sais pas si c'est important…

— Dis toujours, fis-je la bouche un peu pâteuse.

— Quand tu es arrivé, y avait derrière toi deux types dans une voiture, un Land Cruiser noir.

Je sentis mon cœur accélérer.

— Et ils sont où maintenant ?

Je le retins alors qu'il allait faire un geste dans leur direction.

— Toujours là, dans la rue.

— À quoi ils ressemblent ? Des toubabs ?

Il secoua la tête.

— Non, ce sont des falafi[1].

Je jetai un œil dans le rétroviseur et repérai aisément la voiture, un Land Cruiser dont les chromes rutilants brillaient à la lumière d'un vieux lampadaire

1. Noir en bambara.

rouillé. Pas très discrets. Je ne pouvais distinguer l'intérieur de l'habitacle à cause d'un reflet sur le pare-brise. Je remerciai l'infirme et lui glissai un second billet, de deux mille celui-là. Lorsque je démarrai, les feux du Land Cruiser s'allumèrent et le 4 × 4 s'engagea dans la latérite à ma suite.

9

Je roulais sur la route de Koulikouro, l'œil vissé sur le rétroviseur. Le Land Cruiser me collait tellement au train que cela en était gênant. Je distinguais maintenant aisément deux silhouettes massives en ombres chinoises dans l'habitacle. Soit le conducteur ne connaissait rien aux règles élémentaires de la filature qui veulent que l'on laisse respirer le gibier – et c'était un peu humiliant pour moi de ne pas les avoir remarqués avant –, soit il se moquait bien que je le repère – et là c'était plutôt inquiétant. Ce n'était pas la première fois que cela m'arrivait. Dans ma partie, il était inévitable de se créer des inimitiés. J'avais déjà fait l'objet de menaces et d'intimidations. En règle générale je prenais cela avec philosophie, mais ce soir, je n'étais pas d'humeur. Je décidai de me débarrasser de ces deux emmerdeurs. Étant donné la différence de puissance entre nos véhicules, j'allais devoir demander de l'aide. À l'angle des avenues de la Marne et Modibo-Keïta, trois flics de la compagnie de circulation routière somnolaient, avachis sur la selle de leurs mobylettes chinoises. Je me garai à leur niveau et, du coin de l'œil, je vis le Land Cruiser faire de même, une cinquantaine de mètres en retrait. Je fis signe aux policiers en baissant ma vitre. Le plus âgé et donc le plus gradé leva un sourcil interrogatif et s'approcha en grommelant. Il se baissa à la portière en me saluant avec désinvolture. Manifestement, il ne me reconnut pas, ce qui m'arrangea.

— Mon adjudant, si je me suis permis de vous interrompre en plein travail, c'est que je suis probablement en danger.

Il m'examina d'un air dubitatif.

— On est là pour aider les citoyens, dit-il sans grande conviction.

Je glissai dans sa main un billet de dix mille qui disparut comme par magie.

— Vous avez toute mon attention, dit-il l'air soudain plus concerné.

— Vous voyez ce gros 4 × 4 garé juste derrière nous et les deux types qui attendent dedans ?

Il jeta un œil au Land et opina.

— Ce sont des gros bras engagés par mon associé. Il veut racheter mes parts dans notre société et pour cela il est prêt à tout, même aux pires extrémités.

— Vous voulez quoi exactement ? me demanda le flic.

— Que vous les reteniez le temps que je me mette en sécurité.

— Pas de problème.

Il se tourna vers les deux autres policiers et aboya des ordres en bambara. Ils se levèrent à leur tour et se dirigèrent vers le Land Cruiser, la démarche indolente et la main sur la crosse de leurs antiques Tokarev. Le gradé me sourit et tapa sur la carrosserie.

— Allez-y, on s'occupe d'eux.

Je démarrai et accélérai autant que pouvait se le permettre mon vieux Toyota. Les flics n'allaient pas tarder à doubler la mise.

Je rentrai chez moi sans incident et me mis au lit avec un sentiment de grande solitude. Pour une fois, je passai une nuit relativement calme, mes cauchemars avaient déserté. Eux aussi avaient besoin de souffler de temps à autre. Le lendemain, je me rendis au bureau. J'avais rendez-vous avec la femme trompée. Je n'avais pas eu le temps de me faire couler un café qu'elle entrait sans frapper et s'effondrait dans la chaise devant moi en soufflant comme une forge. Lorsque je lui montrai les photos de son mari pris la main dans le string, elle se répandit en geignements déchirants et en larmes intarissables. Sa poitrine grasse et ses fesses gélatineuses tressautaient au gré de ses lamentations. J'avais eu beau prendre une aspirine préventive, je sentis la migraine poindre.

— Que sa queue pourrisse dans la chatte impure de cette putain, qu'elle se dessèche et tombe pour être dévorée par des chiens galeux…

Elle se calma toutefois lorsque je lui appris que la belle qui partageait les ardeurs de son mari était ivoirienne. L'époux étant issu d'une vieille famille bamakoise, jamais il ne prendrait pour seconde épouse une étrangère. Ma cliente n'était plus menacée de déchoir ; instantanément ses larmes cessèrent et ses bêlements se turent.

— Tout de même, je vais avoir une discussion avec lui, ce ne sont pas des choses qui se font, dit-elle sur le ton de la confidence. Je suis trop gentille, trop compréhensive.

Elle farfouilla dans son sac et lança sur mon bureau une liasse ventrue de billets.

— Mais que voulez-vous, je l'aime, soupira-t-elle.

Lorsqu'elle claqua la porte de mon bureau derrière elle, j'eus l'impression que mon crâne se fendillait comme la terre pendant la sécheresse. Vaguement écœuré, je pris entre deux doigts les billets tachés et les jetai dans mon vieux coffre en fonte. Puis je sortis du réfrigérateur une bouteille d'eau minérale que je siphonnai à moitié. L'eau glacée me tira des larmes. Le reste de la journée passa sans que j'y prête beaucoup d'attention, entre paperasses en souffrance et rédaction des comptes rendus des dernières missions. Le soir, je rentrai à la tombée du jour sous une nuée de chauves-souris qui partaient en chasse. Mon téléphone sonna alors que j'arrivais devant mon portail. J'hésitai à répondre ; j'avais envie que l'on m'oublie. J'avais aussi envie de m'oublier moi-même.

C'était Kansaye. Je décrochai en soupirant.

— Oui ?

— Est-ce que tu as perdu la raison ?

— Pardon ?

— Ne te fous pas de ma gueule, Solo !

— Je ne comprends pas ce que vous dites, répondis-je, agacé.

Bizarrement, Drissa ne m'attendait pas à son poste

comme il le faisait tous les soirs. Je klaxonnai. Pas de réaction.

— Je t'ai pourtant dit de marcher sur des œufs et toi tu ne trouves rien de mieux à faire que de déclencher un bordel sans nom ! gueula Kansaye dans mon oreille.

Je klaxonnai à nouveau.

— Écoutez, monsieur le directeur, je viens de vous dire que je ne comprends pas la raison de votre colère. Alors, putain de merde, calmez-vous et expliquez-moi.

Je m'attendis à une explosion en imprécations, mais au contraire Kansaye sembla se calmer.

— Tout Bamako sait pour le contrat…

— Quel contrat, bon Dieu ?

— Celui que tu as passé avec Faten Tebessi pour traquer et éliminer les assassins de sa sœur.

— Quoi ? Qu'est-ce que c'est que ces conneries ?

— Tu nies donc ?

Toujours pas de Drissa. Ça n'était jamais arrivé en presque dix ans. Peut-être avait-il eu un malaise ?

— Je vous rappelle dès que je peux.

— Non ! Ne raccroche pas…

Je coupai la communication et glissai le portable dans ma poche ; je descendis de la voiture et appelai, mais seuls les rires lointains d'enfants jouant sur la berge du fleuve me répondirent. Mon téléphone vibrait furieusement dans ma poche. Kansaye était vraiment en colère. Je jetai un œil aux alentours : la rue était déserte excepté un chien errant efflanqué occupé à fouiller dans les ruines d'une maison abandonnée. Je poussai le battant du portail. Il n'était pas fermé. Quelque chose clochait, cela ne ressemblait pas à Drissa de laisser la maison ouverte aux quatre vents. J'entrai.

10

Il était allongé sur le sol, du ruban adhésif orange autour des chevilles, des poignets et sur la bouche. Un sang noir et poisseux maculait ses cheveux blancs ; ses yeux écarquillés roulaient en tous sens dans leurs orbites. Ils voulaient m'avertir, me dire de ne pas me précipiter, de faire attention à ce qu'il y avait là, juste derrière moi. J'eus à peine le temps de m'accroupir devant lui qu'un choc immense à l'arrière de mon crâne fit vaciller le monde et le sol se précipita vers moi.

Deux secondes, une heure.

Je n'aurais pu dire.

Lorsque je me réveillai, j'étais allongé sur le flanc, une douleur lancinante pulsait dans ma tête au rythme des battements de mon cœur, irradiant dans tout mon corps. Je grognai et tentai de bouger. J'étais faible comme un nouveau-né, mais je n'étais pas entravé. En fait, je ne savais pas si c'était une bonne nouvelle. Je pouvais voir Drissa en face de moi, toujours dans la même position, le teint cendreux et les yeux terrifiés.

— Ça va aller, Drissa. Ne t'inquiète pas, coassai-je.

Soudain une paire de chaussures de ville en cuir noir étincelant entra dans mon champ de vision. Je me demandai quel maniaque parvenait à faire briller ses pompes dans un pays saturé de poussière de latérite.

— Jolies chaussures, articulai-je. Italiennes sans doute ?

La pompe de droite percuta ma tête et me fit un mal de chien. Des mouches noires dansèrent devant mes yeux et je crus perdre connaissance à nouveau.

— Du cuir italien, grommelai-je, j'en étais sûr.

— Monsieur Camara, quand cesserez-vous de faire l'enfant ? La situation est sérieuse, je vous assure.

Je parvins à rouler sur le dos. Le type était vêtu d'un costume de lin. De mon point de vue, c'était un géant. Il était blanc et son visage carré aux traits racés de quinquagénaire exprimait un léger ennui, comme s'il souhaitait expédier une tâche déplaisante, mais nécessaire. Deux types se tenaient en retrait, deux Noirs à la carrure de lutteur, deux monstres gonflés aux stéroïdes ; sans doute les types qui m'avaient filoché, la veille, dans le Land Cruiser noir. Le Blanc considérait sa chaussure droite que j'avais eu l'impudence de maculer d'une traînée de sang et de bave mêlés. Une fureur, à peine contenue, brillait dans ses yeux. Il se baissa, sortit un mouchoir de sa poche et entreprit d'effacer l'affront fait à son élégance. Ses gestes étaient précis, un peu maniérés, presque snobs.

— Vous êtes quelqu'un de déplaisant, monsieur Camara. Alcoolique notoire et fouille-merde patenté, tout en vous m'irrite.

— Qui vous a si bien renseigné ? Mon fan-club ?

— Et vous vous sentez obligé de faire de l'esprit. Mais j'imagine que c'est pour dissimuler la légère appréhension que vous ressentez actuellement.

— Actuellement, je ressens une pétoche de tous les diables. Pour être honnête, si je n'avais pas le sens des convenances, je chierais dans mon froc.

— Cela ne m'étonne pas.

Le dandy s'exprimait avec une distinction affectée, teintée d'un accent si léger que je n'arrivais pas à en déterminer l'origine. Il s'avança vers Drissa et s'accroupit devant lui. Il l'étudiait, la tête inclinée sur le côté, avec l'intérêt d'un entomologiste s'apprêtant à épingler un insecte répugnant sur un panneau de liège.

— On m'a rapporté des éléments fâcheux vous concernant.

L'appel de Kansaye, le contrat de Faten Tebessi. Ce ne pouvait être que cela.

— Je n'ai rien à voir avec cette histoire de contrat. Ce ne sont que les élucubrations d'une femme désespérée par la mort de sa sœur.

Dandy se tourna un instant vers moi et me jaugea. J'eus l'impression de subir une échographie.

— Je vous crois, monsieur Camara. Voyez-vous, je représente les intérêts d'un groupe de personnages très puissants qui ne souffrent pas que l'on se mêle de leur business. Seul un malade mental contrarierait mes clients.

— Ce n'est pas mon cas.

— Pourtant je me suis laissé dire que parfois vous étiez enclin à des débordements, des actes insensés.

— Oui, mais c'était avant. Depuis, j'ai suivi une thérapie de groupe. Je vais mieux.

Il retint un sourire et se redressa en faisant signe à l'un de ses gorilles. Le type s'avança vers Drissa, une machette à la main.

— Que faites-vous ? demandai-je plein d'angoisse.

Le type coupa l'adhésif qui liait les mains de Drissa. Il posa son genou sur l'épaule et plaqua le poignet droit du vieil homme au sol dans la terre rouge. Drissa gémit, son regard se tourna vers moi dans un pathétique appel au secours.

— Putain ! Mais qu'est-ce que vous branlez ? Je vous ai dit que je ne représentais pas un danger pour vos clients, bordel de merde !

Je tentai de me relever, le cœur au bord des lèvres et l'équilibre périlleux. Dandy me sourit gentiment et me repoussa doucement ; je m'effondrai lamentablement.

— Je m'assure simplement que vous comprenez bien le message, monsieur Camara.

Il fit signe de la tête au géant. La machette s'éleva.

— NON !

Je hurlai comme un possédé, mais la machette s'abattit implacablement, avec une telle puissance qu'elle trancha le poignet de Drissa comme un fétu de paille et se figea profondément dans la terre, faisant jaillir un petit geyser de sang, de cailloux et de pierres mêlés. Un flot épais jaillit de la blessure. Je parvins à me relever et je me précipitai en chancelant vers Drissa. Je défis ma ceinture et pratiquai un garrot de fortune. Mon vieil ami, les yeux livides, dodelinait de la tête, aux portes de l'inconscience.

— Ça va aller. Accroche-toi, dis-je en caressant son front luisant de sueur.

Lorsque je relevai la tête, je me rendis compte que je pleurais comme un gosse.

Dandy et ses gorilles avaient disparu.

11

L'hôpital du point G est situé sur Koulouba, l'une des cinq collines de grès qui forment une muraille de roches mauves au nord de Bamako. Ce vieux bâtiment datant de l'ère coloniale domine toute la ville. C'est un ancien hôpital militaire qui a hérité de ce nom poétique des topographes français. Sur les cartes d'état-major, chaque colline était affublée d'une lettre de l'alphabet.

Je m'étais éloigné du service des urgences, bondé comme à son habitude, pour fumer un cigarillo. Je me tenais sur la terrasse nord. La nuit avait recouvert la ville d'un lit de ténèbres que perçaient à angle droit les lumières dansantes des grandes artères. J'en percevais l'écho tumultueux qui se mêlait au chant plaintif des oiseaux nocturnes. À main gauche, le palais présidentiel aux murs blancs immaculés formait un havre de paix, sorte de mont Olympe duquel ATT présidait au sort de la populace qui grouillait en bas. Je fumais un second cigarillo lorsque Kansaye me rejoignit. Son chauffeur se tenait à distance respectueuse, une radio portative à la main.

— Où en est-il ? demanda-t-il en s'allumant une cigarette de solidarité.

— Toujours au bloc.

— Que disent les médecins ?

Je secouai la tête.

— Peu d'espoir. Il est vieux et il a perdu beaucoup de sang.

— On a fait identifier le véhicule qui t'a pris en filature. Une location, payée en liquide. On analyse les photocopies du permis de conduire qui ont servi à l'établissement du dossier.

— Ça ne servira à rien. C'est sûrement un faux.

Nous restâmes ainsi à fumer.

— Lorsque j'étais un jeune flicard, finis-je par dire, mes collègues m'avaient surnommé le « chat noir ». Ça n'avait rien à voir avec la couleur de ma peau, ils avaient décrété que je portais la poisse. C'était toujours la bagnole dans laquelle j'étais qui prenait la plaque d'égout lancée du troisième étage. Tu sais combien les flics sont superstitieux. Y en avait même qui ne voulaient plus patrouiller avec moi pour cette raison.

— Conneries !

Je le scrutai à travers la fumée grise de mon cigarillo agonisant.

— Pas tant que ça.

Du coin de l'œil, je vis arriver le docteur Koumare, chef du service de chirurgie ; sa large face arborait la mine grave de circonstance. Je savais avant qu'il n'ouvre la bouche.

— Nous avons tout tenté, mais cela n'a pas suffi.

Il continua quelques instants, y allant de ses

phrases bien rodées de compassion affectée. Lorsque enfin il s'éloigna après m'avoir assuré que c'était la volonté de Dieu, que personne n'y pouvait rien, Kansaye posa sa main sur mon épaule.

— Ça ne t'aide pas vraiment, n'est-ce pas ?

— Pas vraiment. Le toubab en moi est trop présent pour que je sois fataliste.

— Que vas-tu faire maintenant ?

— Demander des comptes, dis-je en écrasant mon cigarillo d'un coup de talon rageur.

— Choisis la voix de la raison, Solo. Cette guerre que tu veux déclencher, tu ne vas pas la gagner. Laisse le temps faire son œuvre et les choses vont s'arranger, tu verras.

Je ricanai et cela fit le même bruit que des ongles sur un tableau noir.

— Qui te dit que je souhaite qu'elles s'arrangent ?

12

Je dois bien avouer que depuis quelques années ma croyance en un Dieu d'amour et de miséricorde avait connu quelques vicissitudes. Non que j'aie auparavant fréquenté les églises ou les mosquées avec assiduité. Non, certainement pas. J'avais pour singularité d'être à la fois baptisé et circoncis, tiraillé entre Jésus et Mahomet. À la séparation de mes parents, ma croyance était devenue un enjeu stratégique dans la haine de l'autre, comme le fait de savoir qui conserverait la jouissance de l'appartement rue Victor-Hugo à Lyon. Mais moi je faisais partie de ceux qui croient parce que cela ne coûte rien et que l'on ne sait jamais. Je pratiquais à l'occasion pour faire plaisir à ma mère qui, sans être une grenouille de bénitier, se rendait à la messe tous les dimanches. Je ne pouvais m'empêcher de constater que son animosité à l'égard de mon père n'était pas vraiment empreinte de charité chrétienne. Elle faisait tout pour pourrir la vie de mon vieux. Ce dernier, quant à lui, priait Allah tous les jours, mais sa foi ne l'empêchait pas de picoler à l'occasion, bouffer du cochon et de s'envoyer en l'air en dehors du lit conjugal. Lorsque j'étais avec l'un ou l'autre, j'écoutais leurs sermons avec un air intéressé, mais parfois, parce que j'étais encore un peu tendre, je faisais remarquer aux deux qu'ils ne mettaient pas toujours en adéquation leurs discours et leurs actes. Ils me répondaient invariablement qu'il y avait le texte et l'esprit du texte. Il fallait que je comprenne, c'était cela devenir adulte. Je ne comprenais que trop bien. J'avais résolu le problème en me disant que ce que professaient les livres cousins c'était un idéal auquel on devait aspirer, mais que si on n'y parvenait pas ce n'était pas très grave. Pendant des années, ma mère m'avait cru catholique, mon père m'espérait musulman, alors qu'en fait je n'étais que croyant opportuniste. À la fin, ma foi modeste et à géométrie variable s'était désintégrée en même temps que ma vie avait été anéantie. Craindre un enfer hypothétique dans l'au-delà quand la vie m'y avait expédié ici-bas, ça n'avait pas de sens.

Mais ce soir, j'avais de nouveau envie de croire. Tout cela ne pouvait pas être le fruit du hasard. Une main divine s'acharnait à m'enlever tout ce que j'aimais en ce bas monde, ma femme, mon gosse, mon boulot et maintenant Drissa. Je maudissais Dieu et ses desseins immondes. Je le vomissais avec cette satisfaction de pouvoir déverser ma haine fielleuse sur quelqu'un. Quelque chose. Je n'étais plus qu'un ange déchu et vengeur. Ça allait saigner, putain de merde !

Je m'engouffrai dans le hall de l'hôtel Laïco. Une foule hétéroclite d'hommes d'affaires, de diplomates en mission et de touristes fortunés se pressait dans un brouhaha où le français damait encore le pion à l'anglais. Je n'aimais pas vraiment cet endroit, il était factice, comme un décor de carton-pâte. Les murs en marbre présentaient bien des motifs ethniques, le mobilier faisait vaguement référence à l'art africain, mais l'ensemble ne trompait personne, on se trouvait dans un temple dédié à l'international, ce truc sans âme destiné à rassurer le businessman. Tout était fait pour que l'on oublie Bamako, sa foule miséreuse et bariolée, ses relents d'égouts et son raffut permanent. J'aurais tout aussi bien pu me trouver dans le hall d'un quelconque hôtel de luxe occidental, téléporté à Genève ou à New York. Je me rappelle que, par le passé, je n'aimais pas non plus emmener mon fils à Eurodisney et, si je m'y résignais pour faire plaisir au gosse, j'éprouvais cette même sensation d'être pris pour un con. Après avoir franchi les portes vitrées et m'être soumis au portique de sécurité, je me ruai à l'accueil et alpaguai un réceptionniste en costume-cravate qui faisait mine de s'affairer derrière le comptoir en marbre de la réception.

— Mme Faten Tebessi, demandai-je d'un ton impérieux.

Le type pianota sur le clavier de son ordinateur en pinçant les lèvres, ma mise froissée et ma requête désinvolte ne jouaient pas en ma faveur.

— Cette personne figure bien parmi nos clients. Que puis-je pour vous, monsieur ?

— Dites-lui que j'aimerais lui parler.

— Qui dois-je annoncer ? demanda-t-il d'un ton hautain, son sourcil formant un accent aigu.

— Souleymane Camara.

Il composa un numéro sur un téléphone fixe. Malheureusement, je ne pus lire les chiffres, le clavier était caché par le comptoir. Il attendit une paire de secondes puis annonça dans le combiné :

— Bonsoir, madame Tebessi, M. Camara est à la réception, il souhaiterait vous parler.

Il écouta la réponse puis raccrocha.

— Mme Tebessi ne souhaite pas s'entretenir avec vous. Il est tard. Elle vous demande de repasser demain.

Inutile d'insister. Je hochai la tête et répondis par un sourire un peu crispé. Je tournai les talons et, lorsque je fus certain que le réceptionniste ne me prêtait plus d'attention, je me ruai dans l'un des ascenseurs. J'appuyai au hasard sur un bouton. Je sortis au treizième étage – ce qui me sembla être de bon augure –, précédé du petit *gling* cristallin. Je me dirigeai vers un téléphone de service et décrochai.

— Service d'étage, j'ai une commande pour madame… (J'attendis deux secondes comme si je consultais un document…) Tebessi, Faten Tebessi, mais je n'ai pas le bon numéro de chambre.

J'entendis le type grogner à l'autre bout de la ligne.

— Chambre 1024.

Je raccrochai.

J'empruntai l'escalier de service et descendis au dixième étage. Dans l'immense couloir recouvert d'une moelleuse moquette rose clair et tapissé de bordeaux, j'eus l'impression de remonter un gigantesque tube digestif. La tête vide, je m'arrêtai devant la porte 1024 et toquai. J'attendis une dizaine de secondes et la porte s'entrouvrit sur Faten Tebessi, vêtue seulement, de ce que je pouvais voir, d'un peignoir blanc. Elle sortait manifestement de la douche et n'était pas maquillée. Elle me dévisagea à travers les lianes sombres et torsadées de ses cheveux humides.

— Que faites-vous là ? J'ai dit au réceptionniste que je ne voulais pas vous voir !

Je repoussai la porte d'un coup d'épaule. Elle recula précipitamment, les yeux écarquillés et les narines frémissantes.

— Vous êtes fou, je vais appeler la police !

Je la frappai d'un revers de la main et elle alla valdinguer au bout de la chambre. Elle se retrouva les quatre fers en l'air, son intimité offerte à mes yeux brûlants de rage. Je détournai le regard. Elle geignit et se releva, la lèvre fendue. Elle se planta devant moi en ricanant, du défi plein les yeux.

— Bravo ! Vous êtes vaillant face à une femme sans défense.

Je la frappai à nouveau, de la même façon. Elle retourna au tapis. Elle tentait fébrilement de rabattre son peignoir sur son bas-ventre lorsque je l'enjambai et la saisis par le col. Je la hissai vers moi et amenai son visage à quelques centimètres du mien.

— Comme vous pouvez le constater, je ne suis pas content.

Elle sourit. Cette fois c'était son nez qui saignait et son peignoir s'était complètement ouvert. Mes yeux s'égarèrent un instant, une fraction de seconde, et elle sourit de plus belle, triomphalement. J'armai mon poing en grognant. Elle ferma les yeux et se laissa aller en arrière. Comme j'hésitais, elle partit d'un petit rire rauque et méprisant.

— Frappez-moi ou baisez-moi, mais décidez-vous !

Elle n'ignorait pas que je bandais. Vaincu, je la lâchai en grognant.

Comme un dogue dans sa muselière.

13

Elle se releva en chancelant et se retint au matelas du lit défait. Elle rabattit les pans de son peignoir et essuya le sang sur son visage d'un revers de manche dédaigneux. Je me dirigeai vers le minibar que j'ouvris de la pointe de ma chaussure. Je pris une mignonnette de Jack dont je versai le contenu dans un verre à whisky. J'avalai une gorgée qui me brûla l'œsophage et me fit monter les larmes aux yeux.

— Pourquoi ? demandai-je, le regard perdu dans le liquide ambré.

Elle se leva, se dirigea vers la salle de bains et constata l'étendue des dégâts dans la glace ; elle fit la grimace.

— Je suis seule dans ce pays qui m'a pris ma sœur et personne ne veut m'aider…, dit-elle froidement. Tout le monde se fout de la mort d'une misérable mule.

— Votre sœur n'était pas une victime. Elle savait ce qu'elle faisait. L'argent facile a un prix.

Elle s'aspergea la figure en grognant.

— Pitié, je préfère encore que vous me frappiez plutôt que de m'assener des lieux communs.

J'avalai une grande gorgée amère.

— Tout le monde a peur de ces types, vous le premier, reprit-elle en tapotant la plaie à la commissure de ses lèvres.

— Vous devriez en avoir peur vous aussi. Vous n'avez pas idée de ce dont ils sont capables.

J'avais perdu une bonne occasion de la fermer.

— J'en ai eu une petite idée lorsque j'ai identifié le cadavre de Bahia dans ce qu'on nomme pompeusement la morgue de la ville. (Elle eut comme un sanglot.) Je… je n'ai trouvé que cette solution pour vous obliger à m'aider. Partout, j'ai fait courir le bruit que je vous avais engagé pour venger la mort de ma sœur. Je me suis dit que si je ne pouvais vous forcer à traquer ces types, seuls eux pouvaient vous y contraindre. On dirait que ça a fonctionné.

— Mieux que vous ne sauriez l'imaginer. Ils m'ont tabassé et ont coupé la main d'un vieil ami.

Elle se figea et se tourna vers moi.

— Je suis sincèrement navrée.

— Pas autant que moi.

— Comment va-t-il ? Il se remettra, j'espère ?

— Là où il est, on ne se remet de rien.

Elle conserva le silence et reprit son œuvre de réparation en utilisant cette fois sa trousse à maquillage.

— Je ne voulais pas que cela aille jusque-là.

— Fallait y penser avant.

Toujours en silence, elle couvrit l'hématome d'un voile épais de fond de teint. Lorsqu'elle eut fini, elle contempla le résultat et fit à nouveau la grimace.

— C'est le mieux que je puisse faire, on dirait.

J'avalai une nouvelle gorgée de Jack. L'air grave, elle se dressa devant moi, les mains sur les hanches.

— Lorsque nous étions petites, je devais veiller sur ma sœur, c'était mon rôle en tant qu'aînée. J'étais une gamine réservée, Bahia c'était tout le contraire. Elle n'avait pas de limites, rien ne l'arrêtait, surtout pas les interdits. Au contraire, on aurait dit que cela la motivait. « Ne fais pas ça », et elle le faisait. « Ne va pas là », et elle s'y précipitait. Le cauchemar pour des parents, sauf que mon père était déjà mort après avoir craché ses poumons saturés d'amiante et que ma mère enchaînait deux boulots pour qu'on survive. Alors je lui préparais à manger, je lui faisais faire ses devoirs. C'est moi qui l'ai élevée, Bahia. Je suis sa mère et sa sœur et je souffre pour les deux.

— Vous pensez peut-être que vous êtes la seule personne à souffrir ? Que vous êtes la seule personne à qui Dieu ou la vie a joué un sale tour ?

Elle eut un geste dédaigneux.

— Que m'importe la souffrance des autres. La mienne seule compte. J'irai jusqu'au bout pour noyer mon chagrin dans le sang. Même si cela doit être le vôtre. Alors si vous voulez la paix, tuez-moi maintenant ou tirez-vous, car jamais je n'abandonnerai.

Je compris qu'elle disait la vérité. Elle irait jusqu'au bout, quitte à provoquer les tueurs pour qu'ils terminent le travail. J'avalai une ultime gorgée de Jack et posai le verre sur le chevet.

— Je vais trouver ces types, dis-je avec lassitude, et je vais les tuer non pas parce qu'ils menacent ma vie – je n'y accorde pas tant d'importance que cela

– mais parce que j'en ai envie. Je veux qu'ils crèvent tous pour ce qu'ils ont fait à Drissa…

Je me dirigeai vers la porte et l'ouvris. Au moment de sortir, je me retournai. Elle m'observait les bras croisés, le visage tuméfié. Dieu qu'elle était belle.

— Et lorsque j'en aurai terminé avec eux, je reviendrai pour vous.

14

Le lendemain matin, je me rendis de bonne heure à la morgue de l'hôpital du point G. On me dirigea vers les sous-sols. Je n'eus pas à chercher, je me fiai à mon odorat. L'odeur méphitique m'était familière, je l'avais pratiquée pendant des années. Au bout d'un couloir carrelé du sol aux murs, je m'adressai à un type vêtu d'une blouse qui avait dû être blanche dans un passé lointain. Il avait sensiblement le même âge que Drissa. Je lui expliquai que je venais pour donner une sépulture à M. Diallo. Il tendit l'oreille en mâchouillant un truc et me demanda de répéter le nom de famille du défunt. « Diallo », répétai-je. Il opina et consulta un registre corné dans lequel figuraient des centaines de noms. Le voyant remonter aux calendes grecques, je précisai qu'il était décédé la veille au soir. Le doigt du vieux préposé n'en continua pas moins de remonter la liste des cadavres, s'arrêtant à chaque Diallo, et je répondais à chaque fois que non, ce n'était pas lui, que mon Diallo à moi se prénommait Drissa. Enfin, l'index parvint à la fin de la liste et tapota triomphalement face à la mention « Drissa Diallo, né le 9 mai 1948, décédé le 8 mai 2009 ». Il était mort la veille de son anniversaire, lui qui détestait que les comptes ne soient pas ronds. Je réclamai le corps et le type se leva sans me demander à quel titre j'entreprenais cette démarche ; il ne réclama même pas que je lui présente une pièce d'identité. Il me pria simplement de remplir le registre concernant l'état civil de Drissa et, pendant que je m'exécutais en écrivant laborieusement avec un vieux Bic tout mâchouillé, il prit un trousseau de clés accroché à un clou. Il jeta un œil à ce que j'avais écrit et hocha gravement la tête. Nous nous dirigeâmes vers une double porte en contreplaqué et, après qu'il l'eut déverrouillée, nous entrâmes dans la morgue proprement dite. J'avais beau être habitué à l'odeur de la mort, je faillis ressortir en courant. La chaleur était suffocante et la puanteur était si forte qu'elle semblait palpable. Partout des cadavres, sur des tables d'examen rouillées, sur des brancards de fortune. Le fond de la pièce était tapissé de casiers à tiroir dans lesquels devaient s'entasser des macchabs. Des liquides épais coulaient le long des jointures.

— On a une panne de climatisation et les frigos ne fonctionnent plus depuis longtemps, dit le vieil homme en guise d'excuse.

Je lui fis signe que ce n'était pas grave en réprimant un haut-le-cœur. Il souleva le drap recouvrant plusieurs cadavres et finit par m'appeler.

— C'est bien lui ? demanda-t-il en me désignant une dépouille.

C'était bien lui. Il me demanda par quel moyen j'avais prévu de procéder à l'enlèvement du corps.

Je lui demandai de répéter. Il leva les yeux au ciel et soupira.

— On n'a plus de corbillard, il est en panne. Il faut que vous vous débrouilliez pour l'emmener.

Il me fila un coup de main pour faire entrer le corps de Drissa dans le Toyota. Je le glissai sur la banquette arrière dans son linceul devenu cartonneux tant il était imbibé de sang. Je filai un billet au vieux qui me remercia en hochant la tête. À la lumière du jour, il ressemblait un peu moins à ses pensionnaires.

— C'était votre gardien ? demanda-t-il en désignant Drissa au moment où nous allions nous séparer.

— Comment le savez-vous ?

— C'est la profession que vous avez mentionnée dans le registre.

J'acquiesçai.

— Oui, c'était mon gardien et beaucoup plus encore.

Le type me jaugea de son regard voilé.

— Je vous dis ça parce que mon neveu cherche justement du travail.

Je haussai les épaules et entrai dans la voiture.

Je roulais toutes vitres ouvertes lorsque, arrivé à l'embranchement du pont des Martyrs, je me trouvai prisonnier d'un embouteillage. Je me pris la tête entre les mains en grondant comme un possédé. Un jeune flic de la circulation, qui avait baissé les bras face à l'ampleur de l'engorgement, s'approcha de moi, le sifflet entre les lèvres.

— Ça ne va pas, monsieur ?

Du pouce, je désignai le cadavre sur la banquette arrière.

— Je ramène un parent qui vient de décéder et, pour répondre à votre question, non, ça ne va pas.

Le jeune flicard jeta un œil derrière moi, hocha la tête et se dirigea vers sa mobylette en criant « suivez-moi ». Il démarra son deux-roues et, sifflant comme un damné, distribuant des coups de tatane dans les portières, il parvint à créer une troisième file de circulation dans laquelle je m'engageai à sa suite sous les regards irrités des autres conducteurs.

Je me présentai à la mosquée de mon quartier, le corps de Drissa toujours dans mon 4 × 4. Après m'être entretenu avec l'imam et avoir fait un don significatif, nous convînmes de procéder à la cérémonie dans l'après-midi. Le corps fut déchargé pour que le religieux puisse commencer la cérémonie de purification. J'allai déjeuner rapidement à la maison qui me paraissait bien vide. Milo me rejoignit en début d'après-midi et m'accompagna à la mosquée. Je fus surpris de constater qu'une petite foule s'était massée devant le cimetière non loin de là. Il y avait les commerçants du quartier chez lesquels le vieil homme faisait les courses, les gardiens de notre rue avec qui il aimait bavarder et des voisins à qui il rendait parfois de menus services. Ils s'étaient passé le mot je ne sais comment. Toutes ces personnes défilèrent devant moi en me présentant leurs condoléances. Pour la mise en terre, seuls les hommes furent acceptés. Le cimetière était des plus modestes, une sorte de terrain vague où les herbes folles avaient recouvert les tombes, formant une myriade de petits tumulus. Après que l'imam eut choisi un emplacement, nous creusâmes la terre à mains nues. Par chance, pendant la nuit, une pluie abondante avait rendu la terre meuble et, ainsi, facilité notre tâche. Milo et moi déposâmes le corps de mon ami enveloppé d'un linceul propre dans cette tombe de fortune. Enfin nous le recouvrîmes de pierres – afin que les bêtes errantes ne le déterrent pas – et de terre que nous tassâmes à la main. L'imam forma une petite pyramide avec quelques cailloux et nous demanda de nous agenouiller. Courbant la tête, genoux plantés dans la terre, nous nous tenions par la main tandis que l'imam priait pour l'âme de Drissa et son entrée au paradis. Du moins c'était ce que j'imaginai, car je n'entends rien à l'arabe. Je restai longtemps après que tout le monde fut parti. Mes genoux et mon dos me faisaient mal. Je sentis la main calleuse du Serbe se poser sur mon épaule. Mes doigts effleurèrent les cailloux rugueux de la tombe tandis que je me redressais péniblement.

— Que la terre te soit légère, mon ami.

15

Je passai l'après-midi à me morfondre. Le soir, je décidai de rejoindre Milo au Bla-Bla, un bar-restaurant branché situé de l'autre côté du fleuve, dans la rue Princesse. Nous dînâmes de leurs savoureuses côtes de porc marinées et bûmes beaucoup, levant nos verres aux disparus. Rapidement, je perdis le compte des toasts portés. À croire que les morts l'emportaient sur les vivants. Le repas terminé, nous n'eûmes qu'à grimper une volée de marches pour nous rendre à l'étage du dessus, à La Terrasse, un compromis entre la boîte de nuit à ciel ouvert et le snack libanais. Une foule d'expatriés, de riches Maliens et de putes fardées se pressaient autour de l'immense comptoir rectangulaire. L'alcool coulait à flots et les rires résonnaient dans la nuit humide. Milo avait apporté de la poudre, une cocaïne presque pure que l'on trouvait en abondance à Bamako depuis quelques années. Nous nous fîmes un trait dans les chiottes, puis un second. De retour à notre table, je me sentais mieux, mais je savais que cela ne durerait pas. Le deuil m'attendait en embuscade, dès que la coke ne ferait plus effet.

Un orage éclata. La pluie martelait le toit de tôle. Je pouvais voir les arbres se courber sous les gifles que leur infligeait un vent impétueux. Il y eut plusieurs coupures d'électricité, et chaque fois que la lumière revenait, je croisais le regard d'une fille plantureuse assise en face de moi, vêtue d'une robe courte, tellement moulante qu'elle menaçait de se déchirer. À côté d'elle, une jeune femme semblait s'ennuyer ferme. La fille aux formes épanouies me sourit, révélant une dentition parfaite. Je levai mon verre et trinquai à ses seins énormes qui s'agitaient nerveusement à chacun de ses mouvements. Milo avait son compte, il se leva en titubant et jeta un billet sur le comptoir. Puis il glissa discrètement le képa de coke dans ma poche.

— T'en as plus besoin que moi, dit-il.

Je me proposai de le raccompagner, mais il refusa.

— T'es aussi bourré que moi, Solo. Je vais prendre un taxi.

Il prit une inspiration, visa la sortie et se lança à travers la foule des clients qui s'ouvrit miraculeusement devant lui comme la mer Rouge devant Moïse. Le tabouret de bar à côté de moi s'étant libéré, la fille aux gros seins se rua dessus. Elle se tourna vers moi et me tendit une main couverte de verroterie.

« Bonjour, comment tu t'appelles ? » demanda-t-elle de cette voix nasillarde qu'elles ont toutes à cette heure de la nuit, comme si elles avaient inspiré de l'hélium. Je lui répondis et nous nous serrâmes la main cérémonieusement. Elle se présenta sous ce qui était probablement son nom d'artiste : Samantha. Alors que, les yeux mi-clos, je louchais sur son décolleté, elle me demanda de lui payer un verre. Je fis signe à la serveuse et elle commanda une bière. J'appréciai sa modération et nous engageâmes une conversation à bâtons rompus. Rapidement, grâce à l'alcool, nous devînmes bons amis. Elle était guinéenne et, comme je faisais mine de m'intéresser à elle, elle me raconta l'histoire de sa vie ; son gosse laissé à la garde de ses parents à Conakry pendant qu'elle gagnait son pain ici à la sueur de son cul. Son fiancé, dont je compris qu'il tenait plus du mac que de l'amoureux transi, l'avait récemment quittée pour une autre fille qui devait être plus jeune et plus rentable. Bref, l'histoire classique de toutes ces filles de joie et de misère. Je consultai ma montre : 2 h 30. J'avais trop bu, beaucoup trop.

— Si on allait prendre un peu de bon temps ? demandai-je à Samantha.

Elle opina et jeta un œil à sa copine qui n'avait pas bougé de son tabouret.

— Dis-lui de se joindre à nous si ça l'intéresse.

Samantha, tout sourire, alla s'enquérir de la décision de son amie pendant que je réglais l'addition. Je laissai un pourboire généreux et, lorsque je me retournai, mes deux belles-de-nuit m'attendaient, la ronde voluptueuse et la mince, un peu timide.

Dans le taxi, je ne me sentais pas très bien, ma tête tournait comme un carrousel et la nausée affluait comme marée montante. Du coup, je laissai

Samantha prendre la direction des opérations. Elle donna une adresse au chauffeur qui hocha la tête. Manifestement, il connaissait. La maigre s'était blottie contre moi et sa main caressait ma bite à travers le tissu. Je m'en voulus de bander aussi vite. Je regardais Bamako défiler par la vitre crasseuse. Je ne voulais pas ramener les filles chez moi, cela aurait été comme profaner la mémoire de Drissa. De son vivant, je n'avais jamais invité de femme à la maison, il y avait comme une entente tacite entre nous. La maison était autant la sienne que la mienne. Le fait de penser à lui fit monter en moi une houle d'amertume. Ma main s'égara sur la cuisse veloutée de Samantha qui me sourit à travers les cheveux synthétiques de sa perruque.

Le taxi se gara devant un hôtel chinois situé dans le quartier Hippodrome. Ces établissements pullulaient depuis quelque temps. Ils avaient la réputation d'être de véritables lieux de perdition. Les ouvriers chinois qui travaillaient dans presque tous les chantiers de bâtiments ou d'ouvrages d'art de la ville venaient déverser leur paie entre les cuisses de putes locales ou d'autres plus bridées, importées de leur pays.

Je payai la course un prix exorbitant, mais je n'étais pas d'humeur à négocier. Vacillant un peu, une fille sous chaque bras, j'avançai jusqu'à l'entrée éclairée par un lampadaire rouge orné d'un motif calligraphié. Plusieurs jeunes Maliens discutaient devant la porte, assis sur leurs mobylettes, chinoises elles aussi. C'était évident, le Mali était en passe de devenir une succursale de l'empire du Milieu. Nous passâmes devant eux et l'un des types fit dans notre dos une réflexion que je ne compris pas, déclenchant un tonnerre d'éclats de rire. Samantha se retourna et leur fit un doigt d'honneur. Sans que je sache trop comment, nous nous retrouvâmes dans une grande salle plongée dans une pénombre sordide. Une odeur âcre de sueur mâtinée de lourdes exhalaisons corporelles planait dans l'air épais. Au fond, un bar crasseux ; quelques types accoudés au comptoir mataient des rediffusions de matchs de foot sur une télé accrochée au mur. Dans la salle, des Chinois disputaient une partie de mah-jong. Tous levèrent la tête à notre arrivée.

— Salut, la compagnie, fis-je la bouche épaisse.

Ils détournèrent le regard et reprirent leurs activités respectives. Samantha me demanda de l'argent pour payer la chambre. Je lui donnai un billet de dix mille.

— Réserve la plus belle suite de ce pittoresque établissement ! dis-je avec emphase en vacillant sur mes appuis.

La fille maigre me retint en ricanant comme une hyène. Après avoir réglé les formalités hôtelières et acheté quelques bières, Samantha nous conduisit dans un couloir obscur péniblement éclairé d'ampoules nues cramoisies. Comme un veau que l'on mène à l'abattoir, je parcourus cette enfilade de portes en carton desquelles émanaient des bruits de ressorts maltraités, des soupirs feints et des râles sourds de jouissance. Samantha poussa l'une de ces portes et alluma. Nous entrâmes dans une chambre sommairement meublée d'un lit aux draps grisâtres recouvert d'une moustiquaire rapiécée. Immédiatement, les filles entreprirent de se déshabiller et la pièce s'emplit de l'odeur capiteuse de leurs parfums bon marché ; manifestement elles n'avaient pas de temps à perdre. Je m'avançai d'un pas plus ferme vers la salle d'eau attenante. Des traînées noirâtres de résidus corporels dessinaient des entrelacs dans le bac de la douche. Un cafard courait sur la lunette des chiottes. Pas de bol, mon ivresse foutait le camp.

— Tu seras aimable de bien vouloir tirer la chasse lorsque tu auras terminé, dis-je à l'insecte.

Samantha s'avança vers moi, nue, excepté une chaîne en mailles fines sur ses hanches larges et une autre à la cheville. Ses seins lourds ballottaient à chacun de ses mouvements.

— Ça ne va pas ? demanda-t-elle gentiment. Tu n'aimes pas la chambre ?

Je capturai dans ma main l'un de ses seins palpitants.

— C'est parfait, dis-je en souriant.

Après les avoir payées, je sortis le képa de coke et tirai trois traits sur un miroir ébréché oublié là par je ne sais quel micheton qui m'avait précédé. Nous sniffâmes la poudre de concert et les filles me déshabillèrent en un tournemain. La maigre – qui prétendait se prénommer Cindy – plia soigneusement mes affaires pendant que Samantha lavait énergiquement ma queue à l'eau fraîche dans l'évier crasseux. Le cafard avait eu la courtoisie de libérer les lieux et ma bite palpitait maintenant dans cette main bicolore et un peu râpeuse. Les formalités sanitaires accomplies, nous passâmes au lit, une bière décapsulée à la main. Je m'allumai un cigarillo pendant que Cindy et Samantha, allongées sur le ventre, jouaient avec mon érection, cajolant ma queue, l'avalant à tour de rôle, alternant avec une gorgée de Flag pour faire bonne mesure.

« Une pipe au houblon », me dis-je en regardant le plafond lézardé sur lequel couraient des margouillats goguenards. Ma bière finie, je passai mon cigarillo à l'agonie par le goulot de la bouteille. Ça fit un petit crachotement lorsqu'il se noya dans le fond d'alcool. Elles enfilèrent une capote sur ma bite tendue en me faisant les compliments d'usage sur la taille de l'objet qu'elles prétendaient convoiter.

Alors, je les baisai toutes les deux, à tour de rôle. Je finis avec Samantha que je pris à quatre pattes, son gros cul magnifique tendu vers moi pendant que Cindy me malaxait les couilles. Le monde chavirait et je m'agrippais comme un désespéré à ces hanches grasses pendant que ma queue garnie de latex apparaissait par intermittence dans le circonflexe parfait de ses fesses. J'observais, fasciné, un filet de sueur sillonnant le dos de la fille, glissant le long de son échine et formant un petit lac humide dans le creux de ses reins. Elle gémissait d'un plaisir mensonger, mais c'était un pieux mensonge. Je savais, et elle savait que je savais. Je jouis enfin, lâchant une giclée brûlante comme de la lave, un foutre que j'imaginais noir et gluant comme le pétrole. Samantha me fit son numéro, le bouquet final. Elle hurla de plaisir, les yeux révulsés et la perruque de travers.

Dans ces affaires, tout n'est qu'une question de rituel, une formalité.

16

Le soleil était déjà haut dans le ciel quand je m'éveillai chez moi, les draps moites collant à ma peau et ma langue collant au palais. Je me levai comme un vieillard et me dirigeai à petits pas hésitants vers la cuisine. Je m'étirai péniblement et ma colonne craqua comme les lattes d'un vieux plancher. Je fis passer un café bien serré et, ma tasse à la main, j'allai m'affaler dans l'un des fauteuils en rotin de la terrasse. Je restai là, face au fleuve dont les flots sombres étaient pareils à mon humeur, savourant lentement ma dose de caféine, tendant l'oreille au moindre bruit ; mais aucun ne m'était familier. Aucun bruit de casserole dans la cuisine, aucun sifflement joyeux dans le jardin ne me parvint. Sur le pont des Martyrs, les voitures s'amoncelaient. Je pris mon téléphone et appelai Kansaye.

— Mes respects, monsieur le directeur, dis-je lorsqu'il décrocha.

— Salut, *Warakalan*.

— J'ai décidé de ne pas suivre la voix de la raison.

Silence au bout de la ligne.

— J'ai besoin de savoir si je peux compter sur votre aide, repris-je en m'allumant un cigarillo.

— Que veux-tu ?

— Les relevés téléphoniques des dernières conversations passées par Bahia Tebessi.

Il hésita quelques instants, je retins mon souffle.

— Passe voir Pierre Diawara à la Crime, il te communiquera ce qu'il a dans le dossier. J'y veillerai.

Il raccrocha. Sèchement.

Je me levai en grognant et me dirigeai vers la salle de bains. Après une douche rapide, je me rasai, la main un peu tremblante et la barbe rétive, mais je parvins à ne pas m'écorcher. J'enfilai ensuite des vêtements propres et nouai mon chèche. Enfin, j'examinai mon reflet dans le miroir en fronçant les sourcils. Si on exceptait les yeux injectés de sang et le teint cendreux, j'avais presque repris figure humaine.

Je récupérai dans le garage la petite pioche qu'utilisait Drissa pour le potager. Ainsi armé, j'allai dans le jardin et passai derrière mon arbre du voyageur. Là, entre la plante et le mur de la maison, je creusai. Rapidement, la pointe de la pioche crissa sur une surface métallique. Je finis d'extraire à la main une grosse boîte en fer munie d'un cadenas à code. De mes doigts fébriles, j'enlevai la gangue de terre grasse qui collait au métal. Je posai la boîte par terre et m'adossai au tronc de l'arbre du voyageur. Un gros oiseau, une sorte de pie bleue à la longue queue, se posa à côté de moi et sautilla dans l'herbe. Je soupirai, penché en avant, l'oiseau jacassa et s'envola. Ma main composa le chiffre 0710 avec les bagues crantées du cadenas. La date de l'anniversaire d'Alexandre. Un petit clic et je soulevai le couvercle. Dans un sachet plastique, une petite mallette noire. Je l'ouvris.

Il était là, prisonnier dans la mousse compacte.

Mes doigts effleurèrent la carcasse en polymère, l'acier froid du canon. Je frissonnai de dégoût.

Je passai une partie de la matinée à huiler et à nettoyer mon arme. Après en avoir vérifié le bon fonctionnement, j'alimentai les deux chargeurs en cartouches de 9 mm. Je ressentis une impression bizarre en accomplissant ces gestes auparavant si familiers. J'enfilai un chargeur dans la crosse, tirai la culasse d'un coup sec vers l'arrière, chambrant une cartouche, et glissai le Glock dans le creux de mes reins, derrière la ceinture. Ainsi équipé, je me rendis à la police judiciaire et me présentai au planton de la BIJ, la brigade d'investigations judiciaires. La France avait refourgué au Mali sa propension technocratique aux acronymes complexes désignant des choses simples. Le type en uniforme débraillé qui faisait office de secrétaire m'informa que le commissaire principal Diawara m'attendait dans son bureau, mais qu'il était occupé pour l'instant. J'entrai sans frapper, interrompant un vieil homme en pleine faconde. Pierre l'écoutait poliment, mais, moi qui le connaissais bien, je pouvais deviner l'ennui dans ses yeux mi-clos. Son visage se dérida lorsqu'il me vit et, loin de me reprocher mon entrée cavalière, il écourta le discours du vieillard qu'il raccompagna poliment en l'assurant qu'il ferait tout le nécessaire.

Lorsque enfin il referma la porte, il s'effondra dans son fauteuil en soupirant.

— Ce vieil homme plaidait la cause de son petit-fils accusé d'une série de vols à main armée. Malgré les témoignages des victimes et le fait que l'on ait retrouvé une partie du butin à son domicile, il persiste à vouloir me convaincre que le gamin n'y est pour rien.

— Et toi, tu es obligé de le recevoir.

Il sourit et consulta sa montre. Je l'imitai. Onze heures trente, c'était l'heure. Il sortit deux verres d'un tiroir de son bureau puis ouvrit le petit frigo derrière lui et nous versa une généreuse rasade de bourbon allongée d'un peu de soda.

— La tradition. Que veux-tu…

Nos verres s'entrechoquèrent et nous bûmes en silence. Pierre était d'une vieille famille chrétienne, ce qui avait nui à son avancement, les meilleurs postes étant réservés aux musulmans ; ses camarades de l'école de police avaient tous été promus depuis longtemps, mais lui restait sur le quai. Cependant, il n'en gardait aucune amertume. Pierre prenait toujours les choses du bon côté.

— Kansaye m'a demandé de te communiquer les éléments du dossier Tebessi. Mais je dois te prévenir que nous n'avons pas grand-chose.

Je m'en doutais un peu. Passé la bourrasque médiatique, l'affaire n'intéresserait bientôt plus personne. Il me fallait bien reconnaître que Faten avait raison, qui se souciait du sort fait à une vulgaire mule ?

— J'imagine que tu as exploité la téléphonie de Bahia, dis-je en posant le verre sur le bureau.

Pierre sortit une liasse de documents portant le logo d'Orange Mali. Il me les tendit.

— Garde-les, ce sont des photocopies, dit-il.

Je m'en emparai avec reconnaissance, chaussai ma paire de lunettes et les consultai rapidement.

Il s'agissait bien des fadets[1] du téléphone portable de la jeune femme.

— Peux-tu faire identifier celui-là ? demandai-je en lui montrant le dernier numéro appelé par Bahia Tebessi.

Le listing informatique indiquait mardi à 17 h 38. La communication avait duré deux minutes et trente-deux secondes.

— Pas de problème.

Pierre plissa les yeux et griffonna les chiffres sur un bout de papier.

C'est à ce moment que l'on toqua à la porte. Un jeune type d'une vingtaine d'années passa la tête par l'entrebâillement.

— Bonjour, grand-père, j'ai apporté ce que je te dois.

Au Mali, le fait d'appeler quelqu'un grand-père en dépit de tout lien de parenté est une marque de profond respect.

Pierre fit signe au jeune homme d'entrer. Ce dernier m'adressa un petit salut de la tête et sortit une liasse de billets froissés en petites coupures.

— Voilà, c'est la recette.

Pierre prit l'argent sans compter et le glissa dans une poche de son pantalon en toile.

1. Facture téléphonique détaillée.

— Solo, je te présente Yacouba, l'un de mes chauffeurs.

Je savais que Pierre possédait une flotte d'une douzaine de taxis qu'il louait à la semaine. L'argent qu'il tirait de cette activité lui permettait de ne pas avoir à se compromettre dans des activités plus douteuses pour nourrir sa famille. Au Mali, un commissaire de police ne peut pas vivre de sa solde, encore moins un flic d'un grade inférieur.

Je serrai la main du chauffeur.

— Dis-moi, Yacouba, ça te dirait de te faire un peu d'argent ?

Autant demander à un aveugle s'il veut voir.

Le chauffeur opina vigoureusement du chef.

— Ça oui, monsieur. Qui n'en a pas besoin ?

— Je voudrais que tu me mettes en contact avec le chauffeur de taxi qui a pris en charge la jeune Française à la brigade des stups.

— Celle qui a été assassinée ?

J'acquiesçai. Il secoua la tête.

— Ça risque d'être compliqué et puis…

— Ne te fais pas de souci, personne ne saura que tu travailles pour moi, dis-je en sortant un billet de dix mille de mon portefeuille.

Je lui tendis l'argent qu'il prit en hésitant.

— Deux autres comme celui-là si tu trouves ce type. C'était mardi dernier, en fin d'après-midi.

Yacouba hocha la tête gravement.

— Je vous appelle dès que j'ai des infos, dit-il.

Nous échangeâmes nos numéros de téléphone. Le chauffeur de taxi salua cérémonieusement Pierre et sortit de la pièce.

17

Je quittai Pierre et me rendis dans la rue pour acheter un téléphone portable et une puce. Je repérai rapidement une boutique sommaire faite de planches disjointes et de tôles ondulées dans laquelle je trouvai mon bonheur : un cellulaire chinois, grossière copie d'un téléphone de marque. Avec la puce, je m'en tirai pour une somme dérisoire. Je marchai jusqu'au centre culturel français dans l'avenue de l'Indépendance. C'était un bâtiment à la couleur ocre, ceint d'un mur épais et couronné d'une tiare multicolore de bougainvillées aux épines redoutables. Devant l'entrée, plusieurs policiers du GMS[1] en tenue noire tuaient le temps en palabres, avachis dans des chaises en plastique. Depuis quelques semaines, tout Bamako bruissait de rumeurs d'attentats. AQMI[2] menaçait régulièrement la France et ses intérêts considérés comme le principal obstacle à l'établissement d'un salafisme régional en Afrique de l'Ouest.

1. Groupement mobile de sécurité : l'équivalent des CRS.
2. Al-Qaïda au Maghreb islamique.

Un kamikaze venait juste de se faire sauter devant le centre culturel français de Nouakchott en Mauritanie. Je passai les contrôles sans difficulté, ici tout le monde me connaissait. J'avais choisi le CCF pour ce que je voulais faire, car je doutais que l'on tente de m'assassiner à quelques mètres d'une demi-douzaine de policiers, même somnolents. Je m'assis à l'une des tables situées dans la cour centrale qui faisait office de bistrot et commandai un café. Un groupe composé de jeunes Occidentaux et d'Africains était attablé autour de sodas et de bières, parlant fort, riant aux éclats, faisant voler les boucles de leurs dreadlocks. Beaucoup arboraient des tee-shirts à l'effigie du Che ou de Bob Marley, un peu comme on exhibe le logo de sa marque de baskets préférée sans aimer pour autant le sport.

J'allumai un cigarillo, démontai la batterie du cellulaire et glissai la puce dans son logement. J'appuyai sur le bouton *on* et, à mon grand soulagement, le téléphone s'alluma sur le message de bienvenue. La batterie était presque vide, mais cela suffirait pour ce que j'avais à faire. Je ressortis la dernière fadet et composai le numéro que Bahia avait appelé le jour de son assassinat. On décrocha au bout de la quatrième sonnerie.

— Oui ?

Une voix d'Africain – j'en aurais mis ma main à couper –, hésitante ou plutôt inquiète.

— Il faut que l'on parle, dis-je d'une voix impérieuse.

Un long silence.

— Qui êtes-vous et de quoi voulez-vous parler ?

J'aspirai une profonde et âpre bouffée de mon cigarillo.

— De Bahia et de son assassinat.

Nouveau silence. Un coup de bluff s'imposait.

— Je sais qui vous êtes et où vous habitez. Si vous ne voulez pas que je communique les informations que j'ai sur vous à la police et à la presse, je vous conseille de me rejoindre immédiatement au centre culturel français.

— Vous êtes un malade ! Je ne comprends rien à…

— Vous me reconnaîtrez facilement, je suis métis. Je porte une chemise en lin blanche, un pantalon de toile marron et un chèche bleu.

Je raccrochai.

18

J'en étais à mon troisième café lorsqu'un type entra de la démarche traînante du condamné montant à l'échafaud. C'était un Africain élancé, la peau noire, mais les traits aquilins des gens du Nord, sans doute un Songhaï. D'un regard furtif il fit rapidement le tour de l'assemblée, s'arrêtant un bref instant sur moi. Lorsqu'il réalisa que je le regardais en retour, il esquiva, prêt à tourner les talons. Je me levai et lui fis signe de me rejoindre ; il prit un air étonné.

— C'est à moi que vous vous adressez ? demanda-t-il, surpris.

La voix était celle que j'avais entendue une demi-heure plus tôt dans l'écouteur de mon téléphone.

— Asseyez-vous, fis-je d'un ton catégorique.

Le type hésita puis obtempéra, tirant la chaise métallique en face de la mienne. Cela fit un bruit épouvantable et tout le monde se retourna pour le dévisager. Malgré sa peau noire, il vira au cramoisi et fit un petit signe d'excuse. Il s'assit enfin, le front couvert d'une fine pellicule de sueur qu'il essuya d'un pan de sa chemisette.

— Putain, mais qu'est-ce que vous voulez ?

Autour de nous, les gens avaient repris leurs conversations. Je souris gentiment à mon interlocuteur et le frappai d'un revers du poing dans la zone du plexus solaire. C'était un geste sec, sans amplitude, invisible pour ceux qui n'y prêtaient pas d'attention. Les yeux du type s'emplirent d'une immense surprise et se voilèrent de larmes. Il ouvrit la bouche comme un poisson jeté sur la berge, mais aucun son n'en sortit. Le diaphragme bloqué, il étouffait.

— Ne vous inquiétez pas, c'est désagréable, mais ça va passer dans quelques secondes, dis-je d'un ton rassurant. Vous allez bientôt pouvoir respirer.

Je jetai un œil autour de nous, personne ne semblait avoir remarqué la détresse de mon compagnon. Je profitai du fait qu'il pressait désespérément ses mains contre sa poitrine bloquée pour lui faire les poches. Je trouvai rapidement un portefeuille duquel je sortis un permis de conduire malien au nom de Sinaly Maïga. Sinaly, le même prénom que celui du type qui avait réceptionné Bahia à l'aéroport et qui l'avait chaperonnée pendant son séjour.

— Ravi de faire votre connaissance, Sinaly, je m'appelle Souleymane, mais vous pouvez m'appeler Solo.

— Vous êtes un malade, dit-il entre deux quintes de toux caverneuses.

— Sans doute. Parlez-moi de Faten Tebessi.

— Je ne connais pas…

— Tut, tut, tut… Vous allez dire quelque chose que vous allez regretter.

Il fit mine de se lever.

— Je vais prévenir ces policiers que vous m'avez frappé et que vous me menacez !

— Fais donc, et on ira directement à la police judiciaire pour parler de l'assassinat de Bahia Tebessi. J'ai oublié de te dire qu'elle te met en cause dans un trafic de stupéfiants. Manifestement c'est toi qui aurais assuré la logistique.

— C'est des conneries, vous pouvez rien prouver. Elle vous a donné mon nom de famille, hein ?

Je gardai le silence, alors il triompha.

— J'en étais sûr ! Vous savez combien il y a de Sinaly dans cette ville ?

— Ce qui va surtout intéresser les enquêteurs, ce sont les communications que tu as passées avec Bahia. Tu es une des dernières personnes à lui avoir parlé.

— V-vous ne pouvez rien contre moi. Vous savez pas qui est derrière tout ça. V-vous avez pas idée…

Il s'emportait, postillonnant d'indignation. Des clients se retournèrent, agacés.

— Calme-toi et fais usage de ton cerveau, si toutefois tu en es équipé. À ton avis qui va faire les frais de cette affaire ? Tu penses peut-être que tes amis feront preuve d'une solidarité à toute épreuve ? Pour ma part je pense qu'ils ont trouvé le fusible parfait. C'est toi qui vas prendre pour tout le monde, mon pote. Et quand tu croupiras à la maison d'arrêt de Bamako, ils t'auront trouvé un remplaçant depuis longtemps.

Il réfléchit quelques secondes et reprit d'une voix hésitante.

— Ils peuvent pas faire ça. Je sais des choses, si je parle…

— Si tu jactes aux policiers, tu ne feras pas de vieux os. Tu finiras dans le fleuve, la gorge tranchée comme la pauvre Bahia. Non, il vaut mieux que tu me parles. Moi, je ne dirai rien, ça restera entre nous, comme un curé à confesse. Motus et tout le tralala.

Il me dévisagea en se tordant les mains.

— C'est moi qui l'ai réceptionnée, à l'aéroport. Je lui ai filé de l'argent…

— Je sais tout cela, l'interrompis-je, contente-toi de me dire qui l'a fait assassiner et pourquoi.

— J'en sais rien, c'est pas nous. En fait, nous on est juste une bande de jeunes. On trafique un peu de poudre en France et dans les cités de la banlieue parisienne. Ceux qui ont fait le coup sont des gros poissons, si vous voulez mon avis.

— Pourquoi ces types auraient voulu tuer une misérable mule ?

— J'en sais rien, je suis pas dans le secret des dieux. Moi, je m'occupe seulement des filles et je leur file la came avant qu'elles embarquent dans l'avion.

Il avait l'air terrorisé. Même en le tabassant pendant des heures, je n'en tirerais rien de plus. Autant aborder le problème sous un autre angle.

— OK, parle-moi plutôt du jour de sa libération. Elle t'a appelé. Qu'est-ce qu'elle voulait ?

— Que je vienne la chercher à la PJ, mais moi je voulais pas, c'était attirer l'attention des keufs sur moi. Alors je lui ai suggéré d'appeler son petit ami.

— Son petit ami ?

Il opina.

— Pendant son séjour à l'hôtel Olympe, je lui ai présenté un de mes potes, ils ont eu une aventure.

— Pourquoi elle ne l'a pas appelé directement alors ?

— Lorsqu'il a découvert qu'elle était mise en cause dans une affaire de came, il a changé de portable. Lui aussi voulait s'éviter des emmerdes, mais moi j'ai pas baisé avec elle, c'était à lui de faire le nécessaire.

— Le nécessaire ?

— Vous montez pas le bourrichon, je veux dire aller la récupérer à la police. Lui, c'est un type réglo, il fait pas dans la came. Il n'en a pas besoin, il a un super boulot…

— Où je peux le trouver ?

19

Le soleil tapait dur sur le tarmac de l'aéroport de Bamako-Senou. Dans l'air brûlant, les manches à air pendaient lamentablement du haut de leurs mâts. Je sentais la sueur dégouliner dans mon dos, plaquant mes habits contre ma peau. Le simple fait de respirer était douloureux.

— Stéphane Humbert ?

Les outils à la main, vêtu d'une salopette marron, il s'activait autour du moteur d'un petit avion à hélice dont le capot était relevé. Il se tourna vers moi, l'air interrogateur et un sourire affable aux lèvres.

— Oui ?

Nous étions dans la zone privée de l'aéroport, là où se trouvent les petites compagnies d'aviation. La chaleur se dessinait en volutes translucides sur une rangée de hangars en tôle qui s'alignaient au bord des pistes. Nous étions devant l'avant-dernier. J'aperçus par les portes métalliques entrouvertes un second avion, un peu plus gros, un bimoteur. Sur les murs du hangar, un panneau arborait un logo représentant un engin de chantier. Juste en dessous la raison sociale :

Cartagena Export Mining and Trading

Humbert posa une clé à pipe dans une grosse caisse à outils, ramassa un chiffon posé dessus et s'essuya les mains en me dévisageant.

— Qui êtes-vous ?

— Souleymane Camara, répondis-je en tendant la main.

Il la serra. Sa poignée de main était sèche et virile. C'était un homme dans la trentaine, l'allure sportive et les traits réguliers. Je me dis que ses yeux verts dans lesquels brillait une petite flamme malicieuse devaient séduire les femmes.

L'enfoiré.

— Que voulez-vous, monsieur Camara ?

— Appelez-moi Solo. Je mène une enquête sur la mort de Bahia Tebessi.

Son visage se figea.

— Vous êtes flic ?

— Non, seulement détective privé, dis-je en lui tendant ma carte de visite. J'enquête pour le compte de la famille.

Il me dévisagea en silence puis regarda la carte sur laquelle ses doigts avaient laissé une trace.

— Ne restons pas là, on va choper une insolation, finit-il par dire.

Il me précéda et nous fîmes le tour du hangar. Derrière le bâtiment, un solide et vénérable manguier offrait un feuillage dru sous lequel des chaises en fils tressés et une glacière semblaient n'attendre que nous.

— Attendez-moi là quelques secondes, je vais me laver les mains.

Lorsqu'il revint, nous nous assîmes à l'ombre fraîche et Humbert sortit deux bières embuées de la glacière. Il les décapsula et les bouteilles tintèrent lorsque nous trinquâmes.

— Que voulez-vous savoir exactement ?

— On me paie pour trouver les responsables de sa mort.

Il digéra l'information, le regard dans le vague.

— Monsieur Camara… Solo, j'ai un bon travail, un travail honnête et je suis marié avec une Malienne, une femme magnifique et cultivée. Elle a fait des études supérieures en France et elle m'a donné trois beaux enfants. J'aime ma vie ici, à Bamako. Je ne voudrais pas perdre tout cela pour une passade, une liaison d'adolescent.

— Vous ne niez donc pas le fait que vous la connaissiez ?

Il sourit imperceptiblement.

— Pour quoi faire ? Si vous êtes là, c'est que vous savez.

— Stéphane, si je suis là, ce n'est pas pour ruiner votre vie. J'ai seulement besoin d'informations.

— Posez vos questions.

— Comment avez-vous connu Bahia ?

— Elle m'a été présentée par un ami commun.

— Oui… Sinaly.

Il me dévisagea. Je me disais qu'après tout il avait le droit de savoir que son pote était une petite merde.

— C'est donc lui qui vous a donné mon nom.

J'opinai.

— Un soir, nous avions rendez-vous au Star-night, un club de la rue Princesse. (Je fis signe que je connaissais.) Ma femme était en France avec les enfants, chez mes parents. Ce soir-là, j'avais trop bu et elle… elle était magnifique. À la fin, on s'est retrouvés à poil dans sa piaule à l'Olympe.

Il s'interrompit et je devinai qu'il se remémorait cette nuit-là.

— J'ai du mal à croire qu'elle soit…

— Vous l'avez revue après cet épisode ?

Ce n'était pas vraiment une question.

— Plusieurs fois. On a même fait une virée avec mon avion.

— Tiens ? Où l'avez-vous emmenée ?

Il hésita un peu.

— On est allés dans le Sud, vers Sadiolo, dans la région des mines. J'avais du matériel à amener là-bas pour la boîte qui m'emploie.

— Quelle boîte ?

— Cartagena, c'est une entreprise minière espagnole qui extrait et vend de l'or[1]. Je fais la liaison pour eux entre la succursale de Bamako et la mine. Comme c'est une région magnifique, j'en ai profité pour faire d'une pierre deux coups. On a pique-niqué et on a fait l'amour dans la brousse…

Je lui proposai un cigarillo, mais il déclina. J'en allumai un. Au loin, sur les monts Mandingues, des

1. Le Mali est le troisième producteur d'or en Afrique après l'Afrique du Sud et le Ghana.

nuages gris acier aux flancs lourds s'entassaient en attendant de déferler sur Bamako. J'expirai une volute sombre qui se dissipa dans l'air. Ma modeste contribution à l'orage qui s'annonçait.

— Vous a-t-elle appelé le soir de sa libération ?

Il blêmit et regarda ses chaussures.

— Comment êtes-vous au courant de cela ?

— Que s'est-il passé, Stéphane ?

— Ma femme venait tout juste de rentrer de France, elle ne pouvait appeler au plus mauvais moment. Je l'ai rembarrée, je lui ai dit que j'étais au boulot et que je ne pouvais pas l'aider. Après j'ai appelé un chauffeur de taxi dont j'utilise régulièrement les services pour qu'il se mette à sa disposition. C'était tout ce que je pouvais faire.

Je ricanai méchamment.

— Quelle grandeur d'âme !

Il eut l'air peiné et baissa encore la tête.

— C'était la seule façon que j'avais trouvée pour ne pas mettre ma famille en péril… pour ne pas trop me sentir comme une merde.

— Et ça a marché ?

— Non.

Je me levai en soupirant.

— Une dernière question : vous avez eu d'autres contacts avec elle après cet appel ?

— Non, elle a bien essayé de me rappeler, mais j'ai éteint mon téléphone. J'ai appris la suite dans les journaux.

20

Sur le chemin du retour, le ciel s'était encore assombri. Ce n'était pas un orage classique qui s'annonçait, mais une véritable tempête, de celles qui, de temps à autre, vidaient les rues. La température baissa soudainement et une bourrasque secoua le 4 × 4. Je me penchai en avant, tentant de deviner à l'aspect des nuages si je parviendrais à la maison avant que la fureur du ciel se déchaîne. En guise de réponse, ce dernier déversa sur moi sa furie avec une brutalité sans nom. Des rafales d'un vent cinglant arrachèrent les toits de tôle ondulée des misérables cahutes dans lesquelles s'entassait le petit peuple de Bamako. Des dizaines de ferrailles légères et des milliers de sacs plastique planaient dans le ciel parcouru d'éclairs crépitants, comme le vol noir d'oiseaux de mauvais augure. Une pluie compacte s'abattit, bombardant la tôle de ma voiture, constellant le sol de petits geysers, emplissant les caniveaux d'une eau opaque. Je dus allumer mes feux, il faisait nuit au milieu de l'après-midi. Les motocyclistes s'étaient presque tous arrêtés sous les ponts, l'air inquiet.

Soudain, une paire de phares surpuissants m'éblouit dans le rétroviseur. Je clignai des yeux en jurant et déréglai le miroir. Lorsque je me retournai, je vis par la vitre arrière en partie embuée qu'un gros 4 × 4 noir me collait au train, à quelques centimètres de mon pare-chocs.

Le même genre de véhicule qui m'avait filoché l'autre soir.

Ils étaient revenus.

Pas trop tôt.

Je devinai que cette fois-ci je ne m'en tirerais pas avec une ruse de Sioux. De toute façon, je n'en avais pas envie. Je sortis de la voie rapide à la première intersection, m'engageant dans les faubourgs de Bamako. Dans la latérite ravinée par les pluies, je passai devant le marché de Kalaban Koura, complètement déserté, avec toujours ce maudit 4 × 4 qui reniflait mon pot d'échappement comme un molosse atteint de priapisme. J'étais dans un état d'excitation fiévreuse, j'oscillais entre la peur bleue et la colère noire. Je pensai à Drissa et un sentiment de haine m'envahit comme une lame de fond. Une haine si pure, si belle, si parfaite que je m'enthousiasmais comme un martyr revêtant son gilet d'explosifs. Je tremblais aussi. Je sortis mon Glock de la ceinture, me retournai et tentai de viser malgré les cahots provoqués par la latérite défoncée. Finalement je tirai au jugé à travers la vitre arrière de mon pauvre Toyota.

Bang.

La détonation claqua comme le tonnerre et mon oreille droite siffla. Le verre explosa en petits morceaux comme des cristaux de neige qui ruisselèrent sur la banquette. Je vis que le pare-brise du 4 × 4 noir s'était étoilé. Je pressai à nouveau la détente, deux fois.

Bang. Bang.

Je n'entendais plus rien de l'oreille droite si ce n'est un sifflement furieux. Derrière moi, le Land Cruiser noir fit une embardée et vint percuter un mur en brique de terre qui s'effondra sur le véhicule dont le moteur mugissait comme un animal blessé. Hurlant triomphalement, je freinai des deux pieds sur la pédale et ma voiture s'arrêta après une courte glissade. J'ouvris la portière et descendis en marmonnant. Une partie de mon esprit, restée rationnelle, contemplait la scène d'en haut, pleine d'angoisse et un rien désolée. La rue s'était transformée en torrent boueux. J'avais de l'eau jusqu'aux chevilles et des rafales de vent me fouettaient le visage. Cela ne m'empêchait pas de me précipiter vers le 4 × 4 noir, le Glock encore fumant à la main. En ouvrant la portière du côté conducteur, je constatai que celui-ci vomissait des flots de sang, touché à la gorge par l'une de mes balles. Le passager, groggy, avait manifestement embrassé le pare-brise. Il dodelinait de la tête, tentant d'ouvrir la boîte à gants à tâtons. Fébrilement, je fis le tour de la voiture et, lorsque je posai la main sur la poignée de la porte du passager, celle-ci s'ouvrit brutalement, m'envoyant valdinguer. Je me retrouvai sur le dos, submergé par l'eau montante, lâchai mon Glock et avalai une bonne gorgée d'un liquide terreux et gras. Je me redressai en vomissant comme une bouche d'incendie. J'étais occupé à tenter de reprendre mon souffle lorsqu'une silhouette gigantesque se dressa devant moi. Le passager, le visage en sang, se pencha sur moi. C'était le type à la machette. Ma main cherchait désespérément mon arme dans l'eau tourbillonnante. Le passager m'attrapa par le col et arma son poing droit, gros comme une noix de coco. Je baissai la tête, exposant volontairement mon front. La boîte crânienne est l'os le plus dur du corps humain, ceux de la main sont les plus fragiles. Le choc fut cependant d'une violence incroyable, je sentis mon cerveau faire la balle de flipper entre les parois de mon crâne. Le type se mit à beugler et me lâcha. Il se redressa en tenant sa main qui était à coup sûr fracturée. À plat ventre, je battais des bras et des jambes dans la boue quand ma main gauche effleura quelque chose de dur, la crosse du Glock ! Mon arme à nouveau en main, je tentai de me retourner mais le gorille m'avait agrippé par les chevilles et me tirait violemment en arrière. Pour la seconde fois, je bus la tasse. Suffoquant à demi, je parvins malgré tout à me retourner sur le dos. Un magistral coup de pied dans le ventre me souleva. Je retombai dans l'eau en gémissant, à la limite de perdre connaissance. Le type m'avait enjambé et tenait une grosse pierre dans sa main indemne avec l'intention évidente de me fracasser le crâne. Par chance je n'avais pas lâché mon arme. Je fis feu à deux reprises, la première balle se perdit dans la nature, la seconde le toucha au genou. Il hurla à nouveau, chancelant en équilibre sur sa jambe valide, la pierre toujours menaçante.

— Putain de merde, grognai-je désespérément.

Je visai et tirai dans le coude ; je fis mouche et la

pierre fit un gros plouf juste entre mes jambes. Je me redressai péniblement et nous nous fîmes face. La bouche ouverte et geignant d'une étrange petite voix flûtée, le géant me regardait d'un air hagard, pissant le sang. Je me jetai sur lui en hurlant et m'accrochai à son cou pendant que mon genou s'enfonçait dans son estomac. Il s'effondra comme un arbre déraciné en m'entraînant dans sa chute. J'émergeai de l'eau suffoquant, crachant, jurant comme un possédé. Mon adversaire vomissait ses tripes pendant que je me traînais vers sa carcasse sanguinolente agitée de soubresauts. Je m'assis à califourchon sur sa poitrine. Il leva des yeux bovins vers moi, des yeux implorants et pleins de larmes.

— Il s'appelait Drissa, coassai-je.

Il me regardait sans comprendre.

— Celui à qui tu as coupé la main.

Une étincelle brilla faiblement dans son regard et il sourit.

— Le vieux, dit-il en hochant la tête.

Mes mains autour de son cou, j'enfonçai sa grosse tête et la maintins sous l'eau. Il se débattit, mais avec si peu d'énergie ; il avait perdu beaucoup de sang. Lorsque je le tirai à la surface, il vomit à nouveau, mais un flot grisâtre et fangeux.

— Il s'appelait Drissa et il était mon seul ami, lui dis-je patiemment.

— Drissa, hoqueta-t-il en hochant faiblement la tête.

Il tremblait comme un enfant, mais je n'en avais cure. Dans ma tête, je revoyais la machette s'abattant, le flot de sang noir, les yeux terrifiés de Drissa.

— Comment s'appelle le toubab qui était avec toi, ce jour-là ?

— C'est mon patron.

— Je sais que c'est ton patron, je veux son nom.

— Rafael.

— Rafael comment ?

— Rafael, c'est tout.

Je lus dans ses yeux qu'il ne savait rien de plus. Rien d'étonnant. On pouvait louer ce genre de gros bras dans n'importe quelle salle de musculation de Bamako. Pour un peu d'argent, il tuait qui vous vouliez sans jamais poser de question. Je savais que je ne tirerais plus rien de ce type. Je plongeai sa tête sous l'eau et, tandis qu'il se débattait sans énergie, je sifflotai doucement une berceuse que Marion chantait à Alexandre lorsqu'il avait du mal à s'endormir. Je pouvais sentir l'eau pénétrer à gros bouillons dans les poumons, comme on emplit une outre au puits.

Le 4 × 4 avait consenti à redémarrer, après avoir hoqueté, toussé et craché une fumée noire. Je roulais maintenant sur le goudron, trempé, grelottant et claquant des dents. Sur le siège passager, j'avais jeté la carte de visite que j'avais trouvée dans la voiture de mes poursuivants. Je l'avais sommairement fouillée, craignant que la police n'arrive sur ces entrefaites. Dans la boîte à gants, à côté d'un revolver en acier noir dont les tueurs ne s'étaient pas servis, j'avais trouvé ce petit bout de bristol portant la raison sociale de Cartagena Export Mining and Trading. La boîte qui employait Stéphane Humbert. Au dos figurait un numéro de téléphone portable hâtivement griffonné. Je tentais de réfléchir, mais mon esprit agité se convulsait. Je me rendis soudain compte que je parlais à voix haute, une suite de paroles incohérentes, le chant du fou. J'essayai de reprendre mes esprits. Après plusieurs minutes à tenter de contrôler ma respiration, soufflant comme une femme enceinte qui se délivre, je me calmai enfin. Je décidai de rentrer chez moi et d'aviser. Au-dessus des monts Mandingues, les nuages se déchiraient en lambeaux d'ouate grise, laissant passer les dards lumineux d'un soleil en embuscade.

21

Lorsque j'arrivai devant ma maison, un jeune homme attendait, assis devant le portail. Apercevant le 4 × 4 brinquebalant sur la piste défoncée par les pluies diluviennes, il se leva précipitamment et ouvrit les vantaux pour laisser le passage à la voiture. Je me garai dans l'allée couverte de bougainvillées tandis que le gamin refermait le portail. Il se précipita vers moi, un sourire fendant son visage juvénile.

— Bonjour, patron !

Il me regarda plus attentivement.

— Ça ne va pas ? Tu as eu un accident ? dit-il d'une voix embarrassée.

Je considérai mes vêtements trempés, en partie déchirés et ma main effleura la bosse sur mon front, les ecchymoses. Je haussai les épaules et reportai mon attention sur le gamin. Il devait avoir une vingtaine d'années tout au plus. Il était vêtu d'un jean crasseux et d'un tee-shirt publicitaire pour une marque de peinture dont les coutures se déchiraient sous les manches. Il arborait crânement une petite sacoche en bandoulière comme c'était la mode chez les jeunes en Occident.

— Qui es-tu ?

— Je m'appelle Modibo Touré. Mon oncle m'a conseillé de venir me présenter.

— Ton oncle ?

— C'est le responsable de la morgue de l'hôpital du point G.

— Ah !

Nous nous tenions sur un tapis de pétales multicolores. La tempête avait fait tomber une bonne partie des fleurs des bougainvillées.

— Je me souviens de lui, dis-je finalement, mais cela ne me dit pas ce que tu fiches ici.

— Bon…, dit-il perplexe en frottant son crâne rasé, c'est qu'il m'a dit que vous cherchiez un gardien.

— Je n'ai besoin de personne. Fous le camp.

Le jeune homme hésita, ses mains aux longs doigts osseux se tordaient en tout sens.

— Je sais faire la cuisine aussi…

— Dégage, te dis-je.

Ses traits se crispèrent et il fit demi-tour. Je n'aurais pas dû l'offenser, mais Drissa venait à peine de m'être enlevé. Je savais que ce n'était pas la faute du gamin ; en Afrique la mort des uns est souvent une opportunité pour les autres, les vivants. Le portail grinça, le gamin s'apprêtait à disparaître.

— Eh, Modibo !

Le gamin se figea et se tourna vers moi.

— Tu sais lire et écrire ?

— Oui, patron, dit-il fièrement, j'aime beaucoup la lecture et…

— Prends le balai et enlève-moi toutes ces fleurs, s'il te plaît, dis-je d'une voix lasse.

Son visage attentif s'orna à nouveau d'un immense sourire, large et profond comme le Grand Canyon.

J'allai prendre une douche brûlante pendant que Modibo, plein de bonne volonté, s'agitait, le balai à la main. Je sortais de la salle de bains lorsque mon portable vibra sur la commode du salon. Tout en m'essuyant la tête, je consultai l'écran.

Hamidou Kansaye.

Je ne savais que trop ce que pouvait me vouloir le directeur de la PJ. J'hésitai puis décrochai finalement.

— Dis-moi que ce n'est pas toi.

— Ce n'est pas moi.

Il soupira.

— On a deux cadavres à Kalaban Koura. Deux gros bras à qui on a fait un mauvais sort.

— Qu'est-ce qui vous fait croire que c'est moi ?

— Je ne sais pas… le style. Et puis le fait que des témoins ont vu un 4 × 4 semblable au tien sur la scène du crime. Et ne me raconte pas de conneries s'il te plaît.

Je jetai la serviette et m'allumai un cigarillo.

— C'est moi, dis-je en soufflant un nuage de fumée.

Un long silence à l'autre bout de la ligne.

— J'aurais préféré que tu me racontes des conneries.

— Faudrait savoir.

— Mais qu'est-ce que je vais faire de toi ?

— Me coller au gnouf, j'imagine.

— Pourquoi tu les as butés ?

— Je roulais tranquillement. Ces types me collaient au cul. Je n'ai jamais supporté les gens qui ne respectent pas les distances de sécurité.

— Ne te fous pas de ma gueule !

— Ce sont les types qui ont coupé la main de Drissa.

Kansaye conserva le silence quelques secondes.

— Alors ça y est, c'est fini ? Tu les as eus.

— Eux ce n'étaient que les outils, guère plus que la machette qui a tranché le poignet de Drissa. Je veux ceux qui décident, ceux qui ont exécuté Bahia Tebessi. Je vais faire le grand ménage, rien ne m'arrêtera sauf si vous décidez de m'interpeller.

La tonalité m'informa que Kansaye avait raccroché. Je regardai le téléphone portable muet.

22

Aucune voiture de police ne se gara devant ma maison ; aucun flic en uniforme ne vint carillonner à ma porte. Kansaye fermait les yeux, pour un temps. J'avais gagné un répit, mais je savais qu'un jour ou l'autre il me présenterait la facture. J'avais enfilé un pantalon en toile légère et un tee-shirt propre. Modibo avait fini de balayer, il avait fouillé parmi les outils de Drissa et taillait maintenant la haie avec une vieille cisaille rouillée, mais affûtée. Il mettait beaucoup d'énergie à la manœuvre, son front luisait de sueur. Je l'appelai. Il accourut en essuyant son visage dans son tee-shirt qui n'avait pas besoin de cela.

— Tu vas emménager dans la chambre de Drissa. Il y a l'électricité et la clim. Dans l'armoire tu trouveras des vêtements qui devraient t'aller. Sers-toi.

— Ça veut dire que tu m'embauches ?

Je tempérai son ardeur.

— Pour l'instant, tu es à l'essai.

Nous négociâmes son salaire et je lâchai plus que je n'aurais dû. J'ai toujours été nul dans ces affaires d'argent. Modibo, aux anges, me remercia chaleureusement.

— Ça va, ça va, grommelai-je, contente-toi de faire convenablement le boulot.

Je me rendis dans mon bureau, allumai mon ordinateur et fis quelques recherches sur Internet. Le fait qu'à plusieurs reprises le nom de Cartagena Inc. apparaisse dans le dossier n'était certainement pas le fruit du hasard. Cela méritait que j'approfondisse un peu. D'après le site Internet de la société, Cartagena possédait une succursale à Bamako dans le quartier d'ACI 2000. Elle revendiquait des activités dans l'immobilier, les mines et la maîtrise d'ouvrage au Mali et à travers toute l'Afrique de l'Ouest. Le directeur général local avait pour nom Mike Kedzia, un homme d'affaires ukrainien. Je ne trouvai pas grand-chose sur ce type, si ce n'est des articles sur des sites africains vantant sa générosité. Des clichés montraient un homme encore jeune, dans le milieu de la trentaine, les cheveux noir de jais, les traits qui s'empâtaient déjà, remettant des chèques à des associations d'artistes bamakois. Je gravai dans ma tête les traits du mécène avant d'éteindre mon ordinateur. Je m'offris une bière et en proposai une au gamin qui avait commencé à ranger mes affaires dans le salon. Il refusa poliment, arguant du fait qu'il était un bon musulman.

« Fait chier », me dis-je en mon for intérieur.

Les bras encombrés de mon linge sale, il se dirigea vers la buanderie.

— Qu'est-ce que tu fais ? demandai-je avec un peu d'irritation.

— Je vais laver ton linge. Il est très sale.

— Pas le chèche, petit.

— Mais il est plein de sang et de taches.

— Pas le chèche, je te dis, grondai-je en récupérant le vieux bout de tissu que je nouai autour de mon cou.

À la nuit tombée, je me préparai à partir. Je laissai quelques consignes à Modibo qui prit attentivement des notes sur un petit carnet aux pages cornées avec un stylo-bille orange mâchonné. Je récupérai mon appareil photo reflex muni d'un téléobjectif 70-200 mm et je montai dans le 4 × 4. Cette fois le moteur ne fit pas de difficulté. Je m'engageai dans la latérite. Dans le rétroviseur, Modibo me faisait de grands gestes d'au revoir sous la lumière du réverbère. Je ne pus retenir un sourire. En roulant, je composai le numéro de Milo, ballotté par les cahots de la route. Le Serbe décrocha à la troisième sonnerie.

— Ouais.

— Toujours aussi aimable.

— Qu'est-ce que tu veux, Camara ?

— Ton aide. Aujourd'hui on a essayé de me buter.

Silence. J'évitai de justesse un suicidaire qui me fit une queue de poisson avec sa mobylette.

— Je t'envoie un pote, finit par dire Milo. Il s'appelle Rony, c'est un type sûr, un Libanais.

— Il est cher ?

— Moins qu'un aller simple pour l'enfer.

— Il est disponible dans combien de temps ? Ça urge.

— Je l'appelle tout de suite.

Il raccrocha tandis que je m'engageais sur le

goudron. Je m'insérai dans la circulation au milieu des *soutramas* bondés et des mobylettes pétaradantes. Je traversai le pont du Roi-Fahd et, de l'autre côté du fleuve, me dirigeai vers ACI 2000. Je n'eus pas longtemps à chercher, le bâtiment se trouvait juste derrière l'ambassade des États-Unis. C'était un petit immeuble de trois étages ceint d'un mur en parpaing. Au-dessus de l'entrée, un panneau annonçait Cartagena Inc. Juste à côté, trois gardes de sécurité buvaient le thé en bavardant. Un peu plus loin, les minarets effilés de la grande mosquée se dressaient dans la nuit suffocante. Je me garai en éteignant mes feux. Je laissai tourner le moteur pour profiter du souffle tiède de la clim et pour être sûr de pouvoir repartir. Je m'installai confortablement, mais bientôt les moustiques envahirent mon espace vital en s'infiltrant par la lunette arrière. Il fallait vraiment que je change la vitre au plus vite. Alors que je tentais de repousser les attaques de ces saloperies de bestioles, mais que je ne parvenais qu'à m'assener de grandes claques sonores, je vis plusieurs personnes sortir du bâtiment. À leur mise, je pariai pour des employés de bureau de l'entreprise, secrétaires et comptables. Je commençais à désespérer lorsqu'un Blanc, en pleine conversation téléphonique, apparut sur le pas de la porte. Il était vêtu d'un pantalon à pinces et d'une chemisette pastel en coton un peu cintrée. À en juger par les grands gestes qu'il faisait, la conversation devait être animée. Un Mitsubishi Pajero flambant neuf se gara devant le bâtiment, et il monta à l'arrière, toujours vociférant. La voiture redémarra rapidement.

Malgré la distance, j'avais reconnu l'Ukrainien Mike Kedzia. Je le laissai prendre un peu de distance puis je me mis en route à la suite du Pajero. Le voyage ne dura que quelques minutes, nous avions parcouru deux kilomètres tout au plus quand le Mitsubishi s'arrêta devant une grosse villa. Le chauffeur klaxonna et le portail s'ouvrit, manœuvré par un gardien portant l'uniforme marron des sociétés de sécurité privées. Je passai devant la maison sans m'arrêter en jetant un œil discret au passage. J'entraperçus Kedzia descendant de sa voiture, le téléphone toujours vissé à l'oreille pendant que le gardien refermait le portail. J'allai faire demi-tour un peu plus loin et me garai dans une zone d'ombre, le reflex posé sur les genoux. D'où j'étais, je pouvais observer les entrées et les sorties, mais rien d'autre, la hauteur des murs me dissimulait l'essentiel de la villa. Les moustiques revinrent à l'assaut et je me demandai si j'étais bon pour une autre crise de palu. Le temps passait, rythmé par les piqûres, lorsqu'un gros Hummer vint se garer devant la maison de Kedzia. Deux hommes en sortirent et, dans l'objectif de mon reflex, je reconnus le conducteur, c'était Dandy. Le second type, un Blanc de type latin dans la cinquantaine, grand et gros comme un sumo, ne me disait rien. Je pris plusieurs photos des deux hommes sous la lumière de l'un des projecteurs qui entouraient la propriété de Kedzia, ainsi que de la plaque d'immatriculation du Hummer. Ils sonnèrent et rapidement le gardien leur ouvrit. Alors qu'ils s'engouffraient dans la villa, je consultai l'écran de l'appareil photo. Les clichés n'étaient pas parfaits, mais on reconnaissait le visage aux traits réguliers de celui qui était responsable de la mort de Drissa.

— Content de te revoir, Rafael, murmurai-je.

23

Les heures passaient et, malgré mes efforts pour rester éveillé, je piquai du nez à plusieurs reprises. La bosse sur mon crâne me faisait souffrir et je n'aspirais plus qu'à prendre une douche et à me plonger dans des draps frais. Je consultai ma montre : 1 h 48. Je bâillai à m'en décrocher la mâchoire et cela me donna mal à la tête. Finalement, je décidai de rentrer. J'avais suffisamment d'éléments et, dans l'état de fatigue où je me trouvais, je risquais de me faire « détroncher[1] ». Je démarrai doucement et roulai tous feux éteints jusqu'à ce que je parvienne au goudron. Alors seulement, j'allumai mes phares et pris le chemin du retour. Lorsque j'arrivai devant ma maison, Modibo somnolait sur une chaise de camping devant le portail. Tout englué de sommeil, il se leva pour ouvrir le double vantail. Après avoir refermé, il s'approcha du véhicule alors que je finissais de me garer.

— Ton ami est arrivé, patron.

1. Repérer par l'objectif au cours d'une filature.

— Mon ami ?

— Oui, tu sais, le Libanais.

Il me désigna une haute silhouette qui fumait dans le jardin.

— Tu l'as laissé entrer comme ça ?

— Il m'a dit qu'il te connaissait, qu'il travaillait pour toi, se justifia Modibo d'une voix inquiète. Il ne fallait pas ?

Je fis signe que peu importait et rejoignis le type près de la piscine. Il devait mesurer un bon mètre quatre-vingt-cinq pour cent dix kilos de muscle, et de ventre aussi. Il arborait une fine moustache surannée à la Errol Flynn et une chemisette à fleurs du plus mauvais effet. Je pouvais voir, glissé dans son pantalon, un semi-automatique de gros calibre dont la crosse dépassait.

— J'imagine que vous êtes Rony ? m'enquis-je.

Il opina et jeta le mégot de sa clope dans le gazon que Drissa entretenait avec tant de difficultés. Une chauve-souris gigantesque effleura la surface de la piscine. C'est à peine si elle provoqua une onde huileuse.

— Vous pouvez rester combien de temps ?

— Le temps qu'il faudra, dit-il.

Sa voix, rocailleuse comme un éboulis, devait sans doute beaucoup au paquet de Gauloises brunes dans lequel il piocha à nouveau. La clope pendant à la commissure des lèvres, il fit mine de me tendre le paquet. Je refusai d'un mouvement de la tête.

— Je vais vous expliquer la situation…

Il leva la main, me signifiant que cela ne l'intéressait pas.

— Vous êtes un ami de Milo et moi je suis là pour vous protéger. Si quelqu'un vous agresse, je le tue. C'est tout ce qu'il y a à savoir.

— Pour ce qui est de l'argent…

— Voyez ça avec le Serbe. C'est mon agent comme qui dirait.

Nous restâmes plantés là à regarder le ballet des chauves-souris dont le vol agile dessinait dans le ciel les sillons d'une nuit plus sombre encore.

Le lendemain je m'éveillai à l'aube. J'avais mal partout, le corps perclus de courbatures et de bleus. Je me traînai jusqu'à la douche et l'eau me fit du bien. Dans l'armoire de la salle de bains, jc trouvai des comprimés de codéine périmés depuis deux ans seulement. J'en avalai deux. Le miroir de la pharmacie me renvoyait l'image d'un type en sursis. Des yeux vidcs, injectés de sang, cernés de noir, pleins d'une immense lassitude ; la peau grise comme un cuir passé, semblable à celle des macchabs que disséquait le légiste sur sa table en inox.

Je fermai les yeux, conscient de me tenir ainsi depuis des années, un pied dans la tombe, l'autre sur son bord, dans un équilibre précaire. Je ne voulais plus vivre, mais je n'étais pas foutu de mourir. Pas les couilles…

Je m'ébrouai et m'arrachai à la contemplation de mon cadavre. Lorsque j'entrai dans le salon, une bonne odeur de café et de toasts grillés m'accueillit. Rony était attablé et regardait CNN en sourdine pendant que Modibo remplissait sa tasse du liquide noir et fumant. Le visage du gamin s'illumina d'un sourire radieux.

— Bonjour, patron, je te sers un café ?

J'émis un son caverneux qu'il interpréta comme un oui. J'observai Modibo pendant qu'il me servait. Il transpirait une gentillesse, une ignoble joie de vivre qui me filaient la nausée. La sonnerie du téléphone interrompit le fil de mes pensées. Je décrochai et reconnus immédiatement la voix distinguée au léger accent.

— Monsieur Camara ?

— Oui.

— Vous me reconnaissez ?

— Oui, et je ne vais pas tarder à découvrir qui vous êtes, ce n'est qu'une affaire de jours, d'heures même.

— Je me disais que nous pourrions peut-être trouver un compromis, une façon honorable de sortir de ce quiproquo qui nuit à nos affaires.

— Pour moi, il n'y a qu'une façon honorable d'en sortir, c'est de te crever la paillasse.

Je raccrochai. Rony tourna la tête dans ma direction.

— C'était eux ?

Je fis oui de la tête.

— Bon, au moins les options sont claires maintenant. On les tue.

— … Ou ils nous tuent, complétai-je.

J'examinai ma tasse et, finalement, la portai prudemment à mes lèvres. Méfiant, j'avalai une gorgée du breuvage en faisant la grimace par anticipation.

— Ça va pas ? Il est pas bon ? demanda Modibo avec anxiété.

Je secouai la tête, stupéfait.

— Si, il est très bon. Ne te bile pas, gamin.

Ça me faisait mal de penser que le café de ce morveux était meilleur que celui de Drissa. Un excellent café même. De nouveau, il souriait de toutes ses dents et ça faisait comme les touches d'un piano. Je pensai au vieux, dans la bouche duquel il y avait une majorité de dièses.

— Ne reste pas planté là comme un idiot, le houspillai-je, le travail ne va pas se faire tout seul.

Il hocha vigoureusement la tête et m'apporta des toasts grillés dans une petite corbeille. Je les beurrais avec application quand Rony délaissa la télévision pour m'adresser un sourire ironique.

— Quoi ? grognai-je.

Je m'apprêtais à refermer la portière du 4 × 4 quand je sentis une résistance inhabituelle. Rony la retenait d'une main.

— Vous ne prenez pas celle-là.

— Comment ça ?

— Ils la connaissent maintenant, et puis elle est fatiguée, cette voiture. J'en ai fait venir une autre. Elle est dans la rue.

Nous sortîmes dans la latérite et, effectivement, un gros 4 × 4 surmonté d'une galerie était garé juste devant la porte. Un modèle ancien de Land Cruiser, mais moins que le mien et manifestement en parfait état. Rony me tendit un trousseau de clés.

— HDJ 80, le moteur a été un peu modifié.

J'ouvrai, m'installai au volant et fis tourner la clé.

Le moteur démarra sans pécloter et un bruit sourd et puissant emplit l'habitacle. Je souris à Rony.

— Un peu modifié, hein ?

Le Libanais fit le tour du véhicule, ouvrit du côté passager et s'installa à côté de moi.

— Qu'est-ce que vous faites ?

— Mon travail.

— Je ne vous ai pas demandé de m'accompagner. Surveillez la maison, ce sera parfait.

Il tourna vers moi sa grosse tête aux cheveux noir de jais et ses yeux froids me toisèrent.

— Que ce soit clair entre nous, je ne vous demande pas la permission, je fais mon job. Si quelqu'un vous bute, va falloir que je m'explique avec le Serbe, et ça, je n'en ai pas envie.

Je cherchai une repartie bien sentie, mais rien ne vint. Je me contentai d'un pathétique :

— Vous pourriez au moins prendre le volant.

— Je suis votre garde du corps, pas votre chauffeur.

Je démarrai en grommelant.

24

Je me garai devant le ministère des Mines, de l'Énergie et de l'Eau dans le quartier du fleuve. Rony descendit de la voiture avec moi sans que je fasse de commentaire, mais je me maudissais d'avoir demandé l'aide du Serbe. Dans la cour intérieure du ministère, des chauffeurs somnolaient à l'ombre des manguiers à côté d'un alignement de 4 × 4 rutilants que même le salaire d'un haut fonctionnaire, ou d'un ministre local, ne permettrait pas de s'offrir. Je me renseignai auprès d'un planton qui me désigna le service des baux miniers, à l'étage du bâtiment principal. J'avalai une volée de marches, mon garde du corps libanais toujours sur mes talons. Dans la coursive, je frappai à la porte du bureau. Rony s'alluma une Gauloise et s'accouda à la rambarde. Je secouai la tête puis entrai. Je me retrouvai dans le bureau d'une secrétaire, genre maîtresse femme dans la soixantaine, vêtue d'un riche boubou. Elle me toisa derrière les verres épais d'une austère paire de lunettes en écaille.

— C'est pour quoi ? demanda-t-elle.

— Je voudrais consulter un dossier d'exploitation minière.

— À quel titre entreprenez-vous cette démarche ? rétorqua-t-elle avec insolence.

Je décidai de monter un peu sur mes grands chevaux.

— Du droit que me confère mon statut de citoyen malien qui me permet d'avoir accès à ce type de document.

— Vous êtes journaliste ? demanda-t-elle l'air soudain inquiet.

Je lui adressai un clin d'œil.

— Vous imaginez bien que si c'était le cas, je ne pourrais pas vous en faire part.

Elle réfléchit quelques secondes avant de me tendre une feuille crasseuse.

— Il faut remplir ça.

Ne trouvant aucune surface plane sur laquelle j'aurais pu écrire, je m'assis en face d'elle, à son bureau, poussai du bras ses affaires qui encombraient le plateau et remplis le document. La secrétaire soupira comme un soufflet de forge, mais ne fit pas de commentaire. Je complétai le bref questionnaire et le remis à la femme, qui le lut rapidement.

— J'ai tout bon ? demandai-je faussement anxieux.

— Ça ira, dit-elle avec un mépris évident, on vous rappellera lorsque vous aurez l'autorisation de consulter ce dossier.

— Je préférerais l'avoir aujourd'hui, cette autorisation, voyez-vous.

— Bon, je vous dis de partir maintenant, tonna la grosse femme. On vous appellera.

Je m'affalai dans le fauteuil et posai les pieds sur le bureau.

— Inutile de vous donner cette peine, je vais rester là à attendre vu que je n'ai rien de particulier à faire aujourd'hui, ni demain d'ailleurs…

La secrétaire regarda mes chaussures posées sur son bureau comme un affront et se leva en grommelant de sourdes menaces. Ma demande à la main, elle se dirigea au fond de la pièce, vers une porte capitonnée qu'elle ouvrit. D'où j'étais je ne pouvais entendre ce qu'elle disait, mais je devinais qu'elle ne me présentait pas sous un jour flatteur. Après quelques échanges en bambara, elle réapparut et me fit signe d'entrer. Je me retrouvai dans un second bureau dont les fenêtres étaient partiellement obturées. Un homme en tenue traditionnelle se leva. Son bureau était couvert de piles de dossiers manifestement en instance.

— Ma secrétaire dit que vous faites des histoires ?

— Absolument pas, je cherchais simplement à vous rencontrer, vous, la personne qui prend les décisions.

Il me dévisagea d'un air ennuyé. Ses longs doigts à la peau craquelée tapotaient nerveusement ma demande de consultation de dossier posée devant lui.

— Monsieur Camara, il ne faut pas faire ce que vous faites.

— Comment cela ?

— Prendre les gens à rebrousse-poil, être impoli. Tout cela…

Je fis mine de réfléchir.

— Ah ! je comprends. Ce type de comportement,

c'est le monopole de l'administration malienne, alors.

Il sourit.

— C'est le monopole de toutes les administrations du monde, pourquoi cela devrait-il être différent dans un pays comme le Mali ?

— Je n'avais pas vu les choses sous cet angle-là. Pour ce qui est de ma demande…

Le fonctionnaire prit la feuille que j'avais remplie et la glissa sous une pile immense et instable de demandes similaires.

— Elle sera traitée en temps et en heure.

Nous restâmes à nous dévisager, un sourire de façade aux lèvres, puis je lui demandai comment se portait sa famille. Il évoqua les difficultés que rencontrait un bon musulman lorsqu'il voulait prendre une seconde épouse, les complications entraînées par la cohabitation de deux femmes sous un même toit, les charges qui en découlaient.

Hochant la tête en signe de connivence, j'ouvris mon portefeuille et fis glisser trois billets de 10 000 francs CFA sur son bureau. Le fonctionnaire fit mine de les ignorer et appela sa secrétaire, à qui il donna quelques instructions. La grosse femme disparut dans l'entrebâillement de la porte, non sans que j'eusse eu le temps de lui adresser l'une de mes irrésistibles œillades. Le chef de service feignit de se plonger dans sa paperasse quotidienne. Les billets avaient disparu. Après plusieurs minutes d'un silence de plomb, la porte s'ouvrit à nouveau sur la secrétaire tenant dans ses mains aux ongles violets un dossier volumineux. Elle le lâcha sur mes genoux et cela fit un petit nuage de poussière rouge. Je toussai et balayai l'air devant moi. Elle sortit, un sourire hautain aux lèvres. Je me tournai vers le fonctionnaire.

— Puis-je l'emmener chez moi pour le consulter ?

— Je crains que non, dit-il sans même relever la tête de ses dossiers.

Je défis la sangle de tissu qui maintenait la pochette cartonnée. Je commençai à lire.

Une bonne heure plus tard, je sortis du bureau des baux miniers. Rony m'attendait, sa sempiternelle Gauloise au coin des lèvres.

— Vous avez ce que vous vouliez ?

Je m'allumai un cigarillo ; la fumée âcre me fit cligner des yeux à plusieurs reprises.

— On dirait bien.

25

En roulant vers le quartier de Niaréla, je proposai à Rony d'aller manger une pizza. Pour toute réponse il haussa les épaules. Je garai le HDJ 80 devant Chez Milo et fis un signe amical à l'infirme qui s'approchait de guingois sur sa béquille, prêt à prendre son tour de garde.

— Tu as une nouvelle voiture, patron ? demanda-t-il en caressant l'aile du 4 × 4.

— Oui, elle te plaît ?

— Beaucoup, je vais bien m'en occuper.

Nos poings se touchèrent comme le font les jeunes. Dans le restaurant, Milo était assis à une table. Il avait chaussé une paire de lorgnons dont la monture tenait avec du scotch. Ses doigts épais pianotaient sur le clavier d'une calculatrice antédiluvienne qui faisait un boucan du tonnerre lorsque les chiffres s'imprimaient sur le rouleau de papier. Le Serbe faisait les comptes et, si j'en jugeais à ses sourcils plissés et à sa mâchoire crispée, il n'aimait pas cela. Il leva les yeux sur Rony et moi.

— Un apéro, ça vous dit ?

Un serveur se précipita. Il nota trois bières sur son calepin, comme s'il craignait d'oublier la commande. Quelques instants plus tard, nous étions servis. Nous bûmes avec délice et, lorsque nous reposâmes nos verres, il y avait de la mousse sur la moustache de Rony.

— Alors, comment ça se passe ? Il ne te les casse pas trop ? demanda Milo.

— Non, non, fis-je, magnanime, en secouant la tête. Mais pour tout te dire, il est un peu collant, le Rony, et je me demandais…

— C'est pas à toi que je cause, Camara, m'interrompit sèchement le Serbe.

Rony fit signe de la tête que tout allait bien et j'eus honte de la diatribe que j'avais préparée dans la voiture pour faire dégager l'encombrant Libanais.

Le serveur apporta les pizzas. Comme toujours une « quatre-saisons » pour moi.

Pendant que j'attaquais la pâte fine et croquante, Milo m'observait. Ses yeux d'un bleu délavé par le soleil d'Afrique, cernés de ridules, lui donnaient un air ironique.

— Et toi ? T'en es où de tes recherches ?

Je fis celui qui ne veut pas impliquer ses amis dans une vilaine affaire, mais le Serbe balaya mes objections.

— On n'en est plus là. Impliqué, je le suis parce que tu es mon ami. Maintenant, accouche.

Au fond de moi, j'étais soulagé par sa réaction. J'avais le sentiment d'être moins seul. Je lui parlai donc de Cartagena, cette entreprise aux capitaux espagnols qui possédait des actifs dans la promotion immobilière, la maîtrise d'ouvrage, mais dont l'essentiel du chiffre d'affaires était réalisé par la mine d'or qu'elle exploitait dans le sud du Mali, dans la région de Kéniéba, proche de la frontière sénégalaise. D'après ce que j'avais lu dans le dossier du ministère, ce chiffre d'affaires avait de quoi faire tourner la tête, il avoisinait les trois cents millions de dollars l'année dernière.

Milo siffla d'étonnement. Il n'était pas coutumier du fait, mettant un point d'honneur à rester impassible en toutes circonstances.

— Trois cents millions ? Putain, c'est pas n'importe qui, ces types. T'en penses quoi, Camara ?

— Eh bien, pour faire court, j'ai commencé à être filoché lorsque Faten Tebessi a répandu le bruit que j'enquêtais sur la mort de sa sœur Bahia.

— Une banale affaire de passeuse transportant de la coke, précisa Milo. Y en a toutes les semaines dans le journal.

— Cependant tous les éléments que j'ai pu recueillir convergent vers Cartagena.

Le Serbe secoua la tête, incrédule.

— Moi, je vois pas une boîte avec un chiffre d'affaires stratosphérique affréter quelques kilos de coke, objecta le Serbe.

— C'est vrai que ce n'est pas cohérent, acquiesçai-je.

— Et si on avait tué la fille pour autre chose que la drogue ? demanda Rony, d'habitude silencieux.

— C'est possible, mais ça m'étonnerait, marmonnai-je.

Je poursuivis mes explications, mais insidieusement la remarque de Rony faisait son chemin.

— Le dossier que j'ai consulté au ministère laisse apparaître un élément intéressant, poursuivis-je. À côté du nom de Mike Kedzia – le directeur général – figure celui de Rafael Ortega de la Torre. Il porte le titre pompeux de Senior Manager.

— Senior Manager ?

— Cadre supérieur, en américain, intervint pour la seconde fois Rony.

Le Serbe le regarda avec étonnement.

— Tu sais ça, toi ?

— J'ai servi dans les rangers américains, Milo. Tu t'en souviens ?

— Putain, c'est vrai que t'es à moitié amerloque !

— Si on en revenait à mon cadre supérieur, dis-je avec un peu d'agacement.

— T'excite pas, Camara. Alors c'est qui, ce pèlerin ?

Je ménageai le suspense en conservant le silence quelques instants, puis je me penchai vers le Serbe et le Libanais avec un air de conspirateur.

— Je suis à peu près sûr que c'est le dandy qui a fait couper la main de Drissa. Celui avec qui je compte bien avoir une petite explication, un de ces quatre.

— On pourrait le buter tout de suite, histoire de gagner du temps, suggéra Milo d'un air gourmand.

— Ce serait un peu expéditif, dis-je en me redressant, surtout si je veux comprendre ce qui se trame. On le butera quand j'aurai tous les éléments.

Le Serbe et le Libanais opinèrent.

26

Après le déjeuner, Rony me demanda de le déposer chez son frère Paul qui tenait une auberge dans le quartier de l'hippodrome.

— Je dois régler des affaires de famille. En mon absence, ne faites rien qui vous mette en danger.

Je l'assurai de ma prudence et nous convînmes de nous retrouver à 16 heures devant L'Abeille, l'établissement de son frère. Je soupirai de soulagement en redémarrant.

Enfin seul.

Lorsque j'avais sollicité Milo, j'imaginais qu'il m'enverrait un garde qui assurerait la sécurité de la maison, pas une nounou qui me collerait au train vingt-quatre heures sur vingt-quatre. Je me rendis à ACI 2000 et me garai à proximité de l'immeuble de Cartagena Inc. Je fis le tour du bâtiment à pied et constatai avec soulagement que le Pajero était garé derrière l'immeuble sous un auvent en feuilles de palmier. Le chauffeur bavardait non loin de là avec les gardes de sécurité. Je m'approchai d'eux et me présentai comme étant le chauffeur d'un riche toubab qui avait rendez-vous dans les bureaux de Cartagena. Les gardiens étaient de braves types, ils m'invitèrent à me joindre à eux et me firent une place sur le banc branlant qu'ils occupaient, à l'ombre d'un arbre vénérable. Je m'assis en face du chauffeur de Mike Kedzia, vautré sur une chaise de camping. Nous engageâmes la conversation en buvant le thé. J'en profitai pour me plaindre de ce satané patron, un toubab qui me faisait faire tout un tas d'heures sans me les payer.

— Il sort chaque soir, va chasser les gazelles dans les bars mal fréquentés de la ville et moi j'attends dans la voiture qu'il fasse ses petites affaires.

Compatissants, les gardes et le chauffeur secouèrent la tête.

— Non, vraiment, ce n'est pas bien. Il n'a qu'à prendre un taxi. On a des familles, n'est-ce pas ? dit mon « collègue ».

— C'est vrai, ça. Je ne vois plus ma femme et mes enfants depuis que je bosse pour ce type. J'imagine que pour toi c'est pareil.

Le chauffeur, qui se nommait Coulibaly, fit non de la tête.

— Dieu merci, mon patron sort très peu.

— Il ne va jamais dans les bars ?

— C'est rare. Seulement quand il sort avec ses collègues.

— Il est français ? demandai-je innocemment.

— Non, je crois qu'il est russe ou quelque chose comme ça.

— Pourtant, avec ses collègues russes, ils doivent boire beaucoup d'alcool.

Coulibaly avala son thé sirupeux et claqua la langue.

— Ses collègues sont espagnols, d'ailleurs quand ils parlent affaires ensemble c'est toujours en espagnol. Ils ne veulent pas que je comprenne.

J'insistai.

— Moi je pensais que les Russes aimaient bien faire la fête. La vodka, les filles…

Coulibaly nous regarda d'un air entendu et ajouta en baissant la voix :

— Depuis deux ans que je travaille pour lui, je ne l'ai jamais vu avec une femme. Mais parfois, il reçoit la visite d'hommes jeunes, des falafis exclusivement. Ils restent souvent une partie de la nuit.

L'un des gardes poussa un petit cri aigu comme un point d'exclamation.

— Eh, mais c'est un péché ! C'est interdit par la religion. Non, vraiment ce n'est pas bien.

Nous hochâmes la tête de concert pour exprimer notre dégoût.

Je consultai soudain ma montre et, l'air pressé, je pris congé de mes amis. Je retournai m'asseoir dans le HDJ et m'installai confortablement, la radio branchée sur le canal de RFI. Les heures passèrent et, à 17 h 30, Coulibaly au volant du Pajero vint se garer devant la porte d'entrée du bâtiment. Je mis le contact au moment où Mike Kedzia se glissait dans sa voiture. Je remarquai qu'il était vêtu d'un costume léger en lin, un peu plus formaliste que la tenue dans laquelle je l'avais observé la dernière fois.

— Alors, t'as rencart, Mike ? murmurai-je en déboîtant.

Je filochai la voiture de l'Ukrainien et il me fallut recourir à tout le savoir-faire que j'avais acquis à la PJ pour ne pas la perdre dans le monstrueux bazar qu'est la circulation bamakoise. Après une bonne demi-heure, nous traversâmes le quartier de Dar Salam en direction de l'hôpital Gabriel-Touré. Dans une rue résidentielle, juste derrière le centre hospitalier, le Pajero se gara devant une grande demeure entourée d'un haut mur truffé de caméras de surveillance. Nous n'étions pas les seuls, des dizaines de voitures officielles ou de sociétés étaient stationnées anarchiquement sur le bas-côté. Je dépassai Mike Kedzia qui venait d'être déposé devant l'entrée principale et allai me garer un peu plus loin. Avant de descendre de la voiture, je glissai mon Glock sous mon fauteuil. Un drapeau tricolore pendait à un mât dans l'air immobile. Je compris que j'étais devant la résidence de France, la maison de l'ambassadeur. J'étais tenté de faire demi-tour, mais je parvins à me convaincre qu'il n'y avait pas de risque à aller voir. Je m'approchai d'un grand portail entrouvert. Deux gendarmes français, un détecteur de métaux à la main, contrôlaient les cartons d'invitation. Je me mis dans la queue en me félicitant de m'être débarrassé de mon pistolet. Devant moi, un Malien de grande taille en costume occidental parlait en bambara avec une femme en tenue traditionnelle. Je remarquai qu'un bout de carton dépassait de la poche de l'homme. Après un bref coup d'œil autour de moi, je subtilisai délicatement le bristol. Lorsque le type arriva devant les gendarmes, sa main plongea dans la poche vide. Nerveux, il s'excusa platement, palpant son costume de haut en bas à la recherche du maudit carton. Pendant qu'il cherchait, je le dépassai et présentai l'invitation au pandore. Ce dernier y jeta un regard distrait, puis passa rapidement le détecteur de métaux et me fit signe d'avancer. J'entrai dans le parc de la résidence de France tandis que derrière moi résonnaient les explications confuses et tonitruantes du type qui jurait ses grands dieux avoir son invitation sur lui, seulement quelques secondes auparavant.

27

Une foule d'expatriés, d'officiers en tenue d'honneur et de Maliens fortunés échangeaient des propos aigres dans les jardins de la résidence. Des serveurs promenaient leurs livrées blanches et leurs plateaux sous le feuillage dru d'arbres vénérables. Une biche passait parmi les convives, quémandant une caresse ou un fruit. Un grand sourire aux lèvres, je m'avançai, une coupe de champagne à la main. Mike Kedzia parlait avec un type dont la barbe, la silhouette arrondie et la mise un peu froissée évoquaient immanquablement le vieux fonctionnaire des affaires étrangères. Mon téléphone vibra dans ma poche. Rony. Le Libanais avait tenté de me joindre à trois reprises. Je raccrochai.

— Qu'est-ce que tu fous là, Solo ?

On m'avait attrapé brutalement par le coude. Lorsque je me retournai, Kansaye me dévisageait les yeux brûlant de fureur.

— Monsieur le directeur, quel bonheur de vous voir, déclarai-je avec une assurance feinte.

— Mais tu es complètement malade ! Venir ici,

chez les Français, alors qu'ils te recherchent ! dit-il en grinçant des dents.

— Eh ! J'ai un carton d'invitation, alors soyez courtois s'il vous plaît. Et puis qu'est-ce que vous faites là vous-même ?

Je remarquai un groupe d'expatriés dans lequel un type en « petit blanc[1] » flanqué de l'insigne de la police jetait fréquemment des coups d'œil dans notre direction. Kansaye lui adressa un geste amical de la main.

— Cesse de faire le mariole, Solo. Ce type qui nous observe, c'est l'attaché de sécurité intérieure de l'ambassade de France. Un commissaire de police qui t'a peut-être connu à l'époque où tu défrayais la chronique dans ton autre patrie.

— Je ne l'ai jamais croisé. C'est quoi cette petite sauterie ? demandai-je pour changer de sujet.

— Une soirée organisée par l'ambassadeur pour promouvoir le mécénat au Mali.

— Tiens ? Je ne vous connaissais pas de passion pour les arts.

— Tu me fatigues, je suis justement invité par l'attaché de sécurité intérieure, un ami.

L'ami en question approchait maintenant, un verre à la main. Il était grand et mince, et braquait des yeux intelligents et inquisiteurs sur moi. Kansaye s'avança à sa rencontre, me laissant volontairement en arrière. Ils se saluèrent chaleureusement, puis le flic français reporta son attention sur moi.

1. Tenue d'honneur blanche portée par les autorités militaires et administratives en outre-mer.

— Eh bien, Hamidou, tu ne me présentes pas ton ami ?

Pour la première fois, je vis le directeur de la police judiciaire perdre un peu sa belle contenance.

— Bien… Il s'agit de Souleymane Diabaté, le fils d'un vieil ami à moi.

— Diabaté, tu dis ? Ce serait donc un griot[1] ?

Je ris à gorge déployée.

— Vous connaissez donc nos coutumes ancestrales, monsieur l'attaché. Il y a bien longtemps que tous les Diabaté ne sont plus des griots.

Le flic me dévisageait avec insistance.

— Il y a une raison pour que vous me regardiez ainsi ? demandai-je, un peu mal à l'aise.

— Pardonnez-moi, mais j'ai bien failli vous confondre avec une ordure de la pire espèce. Un de mes compatriotes qui se nomme Camara. La ressemblance est frappante.

Je fis mine de frissonner.

— Hou là, pour un peu vous m'inquiéteriez, commissaire. Et qu'a fait cette personne pour mériter votre ressentiment ?

— C'est un renégat, il était policier jusqu'à ce qu'il bascule…

Je sentis Kansaye se raidir à côté de moi.

— Et si nous prenions un verre, mes amis…

Il héla un serveur.

— Pour répondre tout à fait à votre question,

1. Les griots représentent la caste des poètes et des musiciens. À ce titre, ils sont dépositaires de la tradition orale. Au Mali, les Soumano, les Kouyaté et les Diabaté sont traditionnellement des familles de griots.

monsieur Diabaté, poursuivit le policier, il a tué plusieurs personnes, mais surtout, il a abattu l'un des nôtres et s'est enfui à l'étranger. Comme beaucoup de flics français, j'ai eu l'avis de recherche de ce lâche punaisé sous les yeux pendant des années. Avec une belle photo en prime. Nous n'avons découvert que récemment qu'il avait trouvé refuge au Mali, pays dont est originaire son père.

Pris d'une curiosité morbide, je ne pus m'empêcher d'entrer dans son jeu, de le défier.

— Était…

— Pardon ?

— Pays dont *était* originaire son père. Le père de Souleymane Camara est mort il y a quatre ans.

— Vous le connaissez donc ? demanda le policier les yeux plissés.

— Bamako est un village et celui que vous décrivez comme une crapule dans votre pays passe ici pour être un héros. Tout le monde le connaît.

— Oui, j'ai entendu cela. Le léopard blanc, toutes ces conneries…

— Ce ne sont pas des conneries, intervint Kansaye. Camara a résolu des affaires délicates par le passé. Et il ne fait pas payer les pauvres et les nécessiteux.

D'un rire sardonique, l'attaché de sécurité intérieure balaya l'argument.

— C'est qu'il a beaucoup à se faire pardonner.

— Sans doute, dis-je calmement, mais pouvez-vous envisager qu'il ne soit pas la crapule que vous décrivez ?

— Foutaises ! tonna le policier.

Plusieurs personnes se retournèrent et nous lancèrent des regards en biais.

— Et que feriez-vous si vous l'aviez en face de vous ? demandai-je à voix basse, en ultime provocation.

Un serveur emplit nos flûtes. Je vidai la mienne comme un cheval assoiffé à l'abreuvoir pendant que le policier me dévisageait.

— Je lui cracherais mon mépris au visage et je l'arrêterais, j'imagine. Après tout, nous sommes ici en territoire français.

Je souriais d'un air confiant quand Kansaye décida d'intervenir.

— Voyons, Christophe, tu sais bien que ce n'est qu'une légende, cette histoire d'extraterritorialité. Si tu arrêtais ce Camara – dont je précise qu'il possède la nationalité malienne –, cela nous plongerait tous dans les abîmes insondables d'arguties juridiques et diplomatiques. Le Mali, tout comme la France, n'extrade pas ses nationaux.

L'attaché de sécurité intérieure prit le temps de la réflexion.

— À bien y regarder, vous ne lui ressemblez pas tant que ça, dit-il froidement.

Il retourna à ses mondanités.

— On dirait qu'il ne t'aime pas, fit le directeur de la police judiciaire.

— Il a ses raisons, dis-je en tapant amicalement sur son épaule.

Je plantai là mon protecteur et m'avançai vers l'Ukrainien.

28

Mike Kedzia attendait au buffet qu'on lui serve une coupe de champagne. Je pris soin de me mettre sur sa trajectoire et, lorsqu'il se retourna, il ne put éviter de me bousculer. Quelques bulles fines de sa coupe fusèrent sur ma chemise.

— Oh, je suis désolé ! Pardonnez-moi, je suis si maladroit, dit-il l'air navré.

Grand seigneur, je l'assurai qu'il n'y avait pas de dégât.

— Ce n'est pas grave, vous savez ce qu'on dit du champagne…

— Tout de même, je suis confus.

— Ne vous excusez pas, ce n'est rien… Mais votre verre est presque vide désormais. Permettez que j'y remédie.

Je m'emparai de sa coupe et la tendis au serveur. Devant les doubles fenêtres de la résidence, l'ambassadeur de France – un homme de grande taille, la fin de la cinquantaine, les cheveux blancs et une indéniable distinction – avait commencé son discours. L'obscurité se répandait dans le parc. Sous les tropiques, la nuit chasse le jour d'un coup d'épaule comme par l'effet d'un immense interrupteur. Des nuées d'insectes se pressaient dans le faisceau des projecteurs installés là pour la circonstance pendant que la masse des invités s'était rapprochée pour mieux entendre. Je tendis sa coupe à Mike Kedzia qui m'observait à la dérobée.

— Souleymane Diabaté, dis-je en guise de présentation.

— Mike Kedzia.

Nos verres s'entrechoquèrent.

— Aux rencontres improbables qui sont toujours les plus belles.

— Oui, à ces belles rencontres.

Le fait qu'il ne me reconnaisse pas était de bon augure. Je me demandais d'ailleurs jusqu'à quel point il était au courant de la petite affaire qui m'opposait à Rafael, tant il ne correspondait pas à l'image que je me faisais du trafiquant sans pitié.

Nous bavardâmes une demi-heure et j'en profitai pour questionner mon nouvel ami sur son activité professionnelle. Il me ressortit, à la virgule près, le laïus qui figurait sur le site de la société. Pour ma part, je me présentai comme artiste plasticien, sans trop savoir ce que ce terme signifiait. Lorsqu'il m'interrogea à son tour, je partis dans des explications lyriques qui eurent l'air de le satisfaire. À en juger par l'air gourmand avec lequel il me détaillait, j'aurais aussi bien pu évoquer le problème du cours du franc CFA.

— Je n'aime pas trop les mondanités, finis-je par dire, et… j'ai faim d'autres choses que des petits fours.

Kedzia me jaugea de pied en cap.

— Vous n'avez pas peur que l'on remarque notre absence.

Je partis d'un petit rire de gorge.

— Vous plaisantez ? Ces gens-là sont trop occupés à se montrer et se pavaner pour se soucier de ce que font les autres. Et puis je me fous du qu'en-dira-t-on.

Lorsque nous sortîmes, les gendarmes nous saluèrent. Dans la rue, Kedzia prit son téléphone portable.

— Qui appelez-vous ? demandai-je.

— Mon chauffeur, il ne lui faudra que quelques minutes…

— Inutile de le déranger. Où voulez-vous aller ?

— Chez moi si cela ne vous ennuie pas.

En mon for intérieur, je poussai un soupir de soulagement.

— Au contraire, c'est parfait. Ma voiture n'est qu'à quelques pas.

Nous montâmes dans le HDJ et, tout en démarrant, je lui demandai le chemin pour donner le change. Il me guida tout au long de la route et, heureusement, il ne posa pas sa main sur ma cuisse. Je me garai dans la rue et récupérai discrètement le Glock sous mon fauteuil. Je le glissai dans mon pantalon, sous la chemise. Le gardien nous ouvrit et salua Mike Kedzia en faisant tout pour m'ignorer.

— Tu devrais peut-être renvoyer le personnel, lui glissai-je à l'oreille, tu sais, dans l'euphorie, il m'arrive d'être bruyant.

Mike Kedzia déglutit et hocha vigoureusement la tête. Le Pajero était garé sous un auvent ; je jetai un coup d'œil inquiet aux alentours, il ne s'agissait pas de tomber sur Coulibaly, mais la chance semblait être dans mon camp. L'intérieur de sa maison était décoré avec goût. Kedzia me désigna le bar en me demandant de nous servir deux scotchs, le temps qu'il aille donner son congé au personnel ; il sortit en coup de vent. Il me faisait presque de la peine. De retour, un peu essoufflé et tout excité, il s'empara du verre de whisky que je lui tendais et but une large rasade. Il toussota et ses yeux s'emplirent de larmes.

— Ça y est ? On est seuls ? demandai-je.

— On est tranquilles, jusqu'à demain matin.

Il s'approcha de moi et sa main parcourut ma poitrine. Ses doigts s'attardèrent sur les boutons de ma chemise dont il défit le premier. Je saisis sa main et, comme on me l'avait appris au stage BRI, je la tournai dans le sens inverse de l'articulation sans toutefois aller jusqu'à la rupture. Il lança un cri de douleur qui s'étrangla lorsque la pointe de ma chaussure vint frapper son estomac. Je le poussai violemment et il s'affala dans un fauteuil, les yeux hébétés. Je braquai mon Glock sur sa figure poupine et il loucha face à la gueule noire du pistolet.

— Non, s'il vous plaît, ne me tuez pas, j'ai de l'argent…

— Ta gueule.

— Je vous donnerai tout ce que vous…

— Ta gueule, nom de Dieu !

Il se tut enfin, les yeux pleins de larmes. Braquant toujours mon arme sur lui, j'allai vérifier par les baies vitrées que nous étions bien seuls. Rassuré, je laissai retomber les rideaux opaques.

— Que voulez-vous enfin ? articula-t-il entre deux sanglots.

— Des réponses à mes questions, dis-je en m'asseyant dans le canapé en face de lui.

— Quelles questions ? Je ne comprends pas, je ne suis qu'un simple…

— Te fatigue pas, dis-je avec lassitude. Soyons clairs, je pose les questions et, si j'estime que tu me racontes des craques, je te tire une balle dans le genou.

Il acquiesça en me fixant de ses grands yeux pleins d'angoisse. Je me dis que celui-là, j'allais avoir du mal à le buter.

— Commençons : pourquoi avoir fait tuer Bahia Tebessi ?

— Qui ?

D'un bond je me levai et le frappai avec le canon de mon arme. Il hurla comme un possédé.

— Ne me frappez pas, je ne sais pas qui est cette personne !

Sur son visage, le cran de mire du Glock avait tracé un sillon sanglant. Mike Kedzia tâta précautionneusement la plaie en pleurant.

— Mon visage… Vous m'avez défiguré.

Je m'étais rassis et déjà je sentais poindre une sévère migraine.

— Estime-toi chanceux, tu marches encore. Je t'ai promis une balle dans le genou. La prochaine fois, je ne ferai pas de sentiment. Alors ?

Mike Kedzia sanglota de plus belle.

— Je… je n'en sais rien, dans la société, ce n'est pas moi qui fais ces choses…

— Quelle société ? demandai-je en connaissant la réponse.

— Cartagena. Moi je m'occupe de la représentation auprès des autorités et de la tenue des comptes. Je suis comptable de formation. Le reste, ce sont mes associés qui…

— Quels associés ?

— Rafael et Rodrigo.

— Pourquoi veulent-ils me descendre ?

Ses yeux s'agrandirent, il me fixa comme si j'étais le Diable en personne.

— Mon Dieu, vous êtes Solo Camara ?

— Lui-même, dis-je avec un peu de vanité.

Mike Kedzia se tordit les mains d'angoisse.

— Ils veulent vous supprimer parce que vous interférez dans nos affaires au plus mauvais moment…

— Comment ça ? Qu'est-ce que vous tramez, tes potes et toi ?

Il baissa la voix comme s'il craignait d'être entendu.

— C'est une grosse opération, si nous échouons les chefs en Espagne ne nous le pardonneront pas. Rafael ne veut courir aucun risque…

— Tu devrais fermer ta grande gueule, Alejandro.

La voix avait claqué derrière moi comme un coup de cravache. Je me retournai d'un bond. Rafael Ortega de la Torre braquait sur moi un gigantesque revolver chromé. Il n'était pas seul, deux sbires se tenaient un peu en retrait, armés eux aussi. L'un était le Latin obèse que j'avais déjà vu en sa compagnie et que je devinai être Rodrigo, l'autre était un Noir, du même acabit que les deux types que j'avais refroidis.

— Vous devriez poser ce pistolet par terre, monsieur Camara.

Comme j'hésitais, il aboya :

— Tout de suite !

Vaincu, je posai le Glock au sol.

— Maintenant, faites-le glisser vers moi.

Du pied je poussai mon arme vers l'Espagnol qui la ramassa prudemment, le canon démesuré du revolver toujours braqué sur mon ventre.

— Vous aimez bien le clinquant, hein, Ortega ? Les gros flingues qui brillent, tout ça. Vous savez ce qu'on dit sur les types qui ont des gros flingues ?

— En général on ne leur dit rien, sauf si on veut s'en manger une.

Je partis d'un petit rire, mais lorsque je vis son doigt blanchir sur la queue de détente, je fermai ma gueule. Finalement, Rafael rengaina son revolver dans un holster d'épaule, puis, s'emparant de mon Glock, il s'avança vers Mike Kedzia.

— Heureusement que vous êtes arrivés à temps, il allait me…

Deux coups de feu claquèrent. Je ne pus m'empêcher de sursauter. Rodrigo ricana lorsque Mike Kedzia s'effondra les yeux exorbités.

— T'es viré, Alejandro, déclara Rafael, mon flingue fumant à la main.

Rodrigo s'emporta soudain.

— Ça ne va pas, Rafael ? Putain, tu sais qui c'est, cette fiotte !

— Je ne supportais plus cette tapette, dit calmement l'Espagnol, et puis il allait tout faire foirer.

— Bon sang, Rafael, on est morts si les Colombiens apprennent ça, geignit Rodrigo.

— On s'en fout des Colombiens.

Rafael s'approcha de moi, tenant toujours mon Glock. Il posa sa main libre sur mon épaule.

— Vous êtes sujet à de fréquentes crises de violence, monsieur Camara, n'est-ce pas ? Alors ça n'étonnera personne quand la police découvrira que vous avez abattu un pauvre homme d'affaires qui essayait de vous enculer.

— C'est un peu tiré par les cheveux, vous ne trouvez pas ? ripostai-je.

— On est au Mali, monsieur Camara. C'est votre arme qui l'a abattu et je suis sûr que l'on vous a vus ensemble chez l'ambassadeur de France. Bref, c'est plus qu'il n'en faut pour vous faire porter le chapeau. Si toutefois quelqu'un devait se poser les mauvaises questions, il me suffirait de distribuer quelques millions de-ci de-là pour tout arranger.

— Comment avez-vous su ? demandai-je avec amertume.

— Le chauffeur. Il vous a vu arriver avec l'autre tarlouze. Il vous a reconnu et, pensant que son patron était en danger, il nous a appelés. Voilà toute l'affaire.

Rafael fit un petit signe de la tête à Rodrigo juste derrière moi, et soudain mon crâne explosa, projetant ma conscience loin de mon corps comme un million d'éclats scintillants dans un puits sombre.

29

J'émergeais péniblement, alors qu'un troupeau de poneys galopait frénétiquement dans mon crâne. Je retins à grand-peine un hoquet bileux et ouvris les yeux pour constater que j'étais plongé dans le noir. Grâce aux cahots de la route, je devinai que nous étions en déplacement dans un véhicule. L'espace était si réduit que j'étais plié en deux. On m'avait balancé dans la malle d'une voiture. Je sentais peser contre moi un corps inanimé qui émettait parfois de petits geignements sourds, des râles étouffés.

— Mike ? Tiens bon, mon vieux. Je vais nous sortir de là.

Je n'obtins pas de réponse, mais je sentis le tissu de mes vêtements s'imprégner d'un liquide chaud et poisseux. Je me contorsionnai pour tenter d'atteindre le système d'ouverture du coffre, mais en vain. J'avais les mains dans le dos liées par ce que j'imaginais être un collier de serrage – j'en avais tellement utilisé en interpellation lorsque j'étais à la BRI ; le plastique mordait impitoyablement mes poignets et j'étais incapable de me libérer. Je me débattais tout de même, grondant d'une fureur impuissante.

Le front couvert d'une sueur aigre, j'essayai de reprendre mon souffle. Dans ma poche, mon téléphone était hors d'atteinte.

Je relâchai tous les muscles de mon corps, tentant d'ignorer l'Ukrainien qui n'en finissait plus d'agoniser dans mon dos. J'aurais dû être content d'en finir avec cette vie de merde, cette solitude poisseuse qui rongeait mon âme depuis si longtemps, mais non, ce n'était pas le cas. Je ne voulais plus mourir, en tout cas pas tout de suite ; pas comme ça, de la main de cette ordure de Rafael. Je voulais vivre pour choisir ma mort.

— ENCULÉS ! hurlai-je à m'en faire péter les cordes vocales et les tympans.

J'entendis rire dans l'habitacle.

Alors je la sentis monter en moi, la colère.

Elle me submergea comme une houle puissante, dont le ressac n'était suivi que d'une vague plus forte encore. Je m'abandonnais avec exaltation à cette sensation d'une intensité incroyable. Je n'avais plus peur, je n'avais plus mal. Je n'étais qu'un brasier de haine. Drissa, Mike, ma femme, mon gosse, les victimes qui avaient jalonné ma carrière. Ils allaient payer pour eux, ces fils de putes.

La voiture s'arrêta, les portières claquèrent, des pas crissèrent et la malle s'ouvrit. Je vis se découper les silhouettes de Rodrigo et du Malien, dans le contre-jour d'un réverbère.

— Allez, plus vite on en aura fini, plus vite on ira se pieuter, grogna Rodrigo.

Le Malien acquiesça d'un hochement de tête. Ils m'agrippèrent pour me sortir du coffre comme un sac de ciment. J'en profitai pour décocher un magistral coup de pied dans le plexus du Noir, qui recula de deux pas et finit sur le cul, les yeux lui sortant du crâne. Il faut dire que j'avais mis toute ma rage et ma frustration dans ce coup de latte. Mes jambes comme des ressorts et la tête la première, je jaillis du coffre en percutant le ventre de Rodrigo dans lequel je m'enfonçai jusqu'aux oreilles. Nous roulâmes par terre. Mon adversaire tentait désespérément de prendre son arme. Je me jetai sur lui et, à cheval sur son corps massif, les mains toujours liées, je cherchai sa gorge de mes dents. Je mordis comme un damné et arrachai un morceau de chair, ou plutôt de gras qui coula épais dans ma gorge et je faillis dégueuler. Rodrigo hurlait comme un porc et me frappait le visage de la crosse de son automatique. Mon arcade sourcilière explosa, ma pommette se fendit, mais cela ne fit qu'alimenter ma haine. Je m'acharnai sur l'une de ses oreilles que j'arrachai à coups de dents en rugissant. Je croquai le cartilage et mâchai le lobe pendant qu'il tentait de me repousser. Je sentis à la chaude humidité de son pantalon qu'il s'était pissé dessus. Malheureusement, une force irrépressible m'arracha à mon festin en me tirant par les jambes. Je crachai un morceau de chair et je grognai comme une bête pour me retourner. Alors on me roua de coups, à tel point que je faillis perdre connaissance pour la seconde fois. Je me retrouvai à plat ventre dans la terre, une myriade de gouttes puis un filet épais de mon sang s'aggloméraient dans la poussière rouge de latérite, formant une boue gluante. Tout près, j'entendais Rodrigo gémir comme un enfant.

— Lève-toi.

J'avais reconnu la voix de Rafael. Comme je ne bougeais pas, j'entendis le bruit caractéristique d'une culasse que l'on arme.

— Comme tu veux, Camara. On devra juste porter ton cadavre à l'intérieur, rien de plus.

Finalement, je me relevai, la tête carillonnante et le sang coulant abondamment dans mes yeux. Rafael se tenait devant moi, mon Glock à la main. Il me regardait comme si j'étais une bête enragée, avec du dégoût certes, mais un dégoût teinté de fascination.

— T'es un vrai malade, dit-il admiratif.

Aidé par le Malien qui avait recouvré son souffle et ses esprits, Rodrigo se redressa en se tenant le côté du crâne, là où, avant, il y avait son oreille. Ça pissait dru et je constatai qu'il lui manquait aussi un bon morceau de viande à la gorge. S'il avait été moins gras, j'aurais pu l'avoir, me dis-je avec regret.

Il s'empara de son arme et la braqua sur moi.

— Putain, je vais buter ce fils de pute, pousse-toi, Rafael.

— Pas à l'extérieur, bordel ! tonna Rafael.

— Mais putain, t'as vu ce qu'il m'a fait ?

— Ta gueule ! T'avais qu'à être plus prudent.

Je jetai un œil autour de moi, nous étions dans la cour en terre battue d'une grande bâtisse défraîchie. Par-dessus le mur d'enceinte, je pouvais apercevoir les vastes citernes des entrepôts pétroliers. Nous étions à Sotuba, la zone industrielle de Bamako. Ma voiture était garée dans la cour. Le coffre, dans lequel j'avais manifestement fait le voyage avec l'Ukrainien, était ouvert. Ce dernier, toujours inconscient, fut chargé sans ménagement sur l'épaule du grand Malien. J'eus la satisfaction de constater que le Black faisait un large détour pour m'éviter.

— Putain, ça fait mal ! geignit Rodrigo en faisant la grimace. C'est grave, faut que j'aille consulter un médecin. Les morsures humaines sont les pires. Ça va s'infecter.

Rafael soupira et me poussa à la suite du Malien en direction du bâtiment. L'intérieur, une immense surface carrelée au sol et sur les murs, était vide, hormis quelques établis et des outils abandonnés. Des rails couraient sur le plafond d'où pendaient des crochets.

Les anciens abattoirs… Désaffectés depuis trois ans.

Le Malien posa le corps de Mike sur l'un des établis à découper la viande et je pus voir qu'il était toujours en vie. Sa poitrine bougeait au rythme erratique de sa respiration. Rafael tendit mon Glock à Rodrigo.

— S'il bouge, tire-lui une balle dans la jambe, dit-il en me fixant dans les yeux. Je veux qu'il voie la suite.

— Fais-moi confiance, *Jefe*.

Rafael farfouilla sous un établi dont il sortit une sorte de combinaison couverte de projections brunâtres et un masque à large visière en plastique. Je fermai les yeux en réalisant de quoi il s'agissait. Il enfila le tout puis il se dirigea vers des rayonnages sur lesquels trônait une vieille tronçonneuse – presque une antiquité –, de celles qui servaient à découper les carcasses du bétail abattu. Je me dis que j'aurais été plus inspiré de laisser l'Espagnol m'achever dans la cour.

30

Rafael tira sans effort sur le cordon et, immédiatement, cette saloperie d'engin démarra. Son moteur n'eut pas un raté, pas même un misérable petit hoquet.

— Étonnant, non ? Une véritable horloge suisse, se rengorgea l'Espagnol en faisant mugir le moteur. J'adore ce truc.

Il s'avança vers Mike Kedzia, la tronçonneuse ronronnant comme un chat attendant sa pâtée.

— Il est encore en vie, Ortega, hurlai-je. Achevez-le avant, au moins.

— C'est justement ça qui est excitant, qu'il soit en vie, Camara. Tu n'as pas vu *Scarface* ?

— Qui est un malade, Ortega ?

Mais il ne m'entendait plus. Il se plaça sur le côté droit du corps inanimé de Mike Kedzia, leva la tronçonneuse et la descendit doucement vers l'épaule de sa victime. Un sourire extatique aux lèvres, il entreprit de couper le bras de l'Ukrainien. La chaîne trancha la chair et les os, projetant un jet grenat vers le haut et vers le bas. Kedzia fut soudain pris de convulsions terribles qui menaçaient de le faire tomber de l'établi. Alors l'Espagnol tronçonna la tête qui se détacha en un rien de temps. Le corps ne bougeait plus, réduit à sa plus simple expression de barbaque. Il y avait du sang partout ; le cœur au bord des lèvres, je détournai le regard. Je n'étais pas le seul. Le Malien et Rodrigo, eux aussi, regardaient ailleurs, l'air écœuré. Je décidai d'en profiter pour prendre la fuite, mais Rodrigo s'interposa, son automatique braqué sur ma poitrine.

— Tu vas pas louper le meilleur, *compadre* ?

Rafael achevait de débiter Mike et, lorsqu'il eut terminé, il fit tomber les morceaux qui restaient sur l'établi.

— Voilà, il prend moins de place maintenant, dit-il en gloussant. Amenez l'autre.

Rodrigo et le Malien me poussèrent sans ménagement jusqu'à l'établi. Nous pataugions dans le sang de l'Ukrainien et la tête me tournait. Je me sentais faible comme un enfant. Ils me soulevèrent et me collèrent sur le bois poisseux et scarifié par la chaîne de la tronçonneuse.

— Attendez, Ortega. Ça sert à quoi de monter cette mise en scène avec mon arme si c'est pour faire disparaître les corps de cette façon ?

La visière relevée, l'Espagnol fit mine de réfléchir.

— Eh bien, si jamais la police locale retrouve vos corps – ce dont je doute au plus haut point –, ils penseront que vous vous êtes entre-tués.

— Alors, après avoir flingué Mike, je me suis suicidé à la tronçonneuse ?

— C'est vrai que la version « rongé par le remords

d'avoir tué ton amant, tu te tires une balle dans la tête » est plus crédible…

Il rabattit la visière, et le moteur de la tronçonneuse mugit de plus belle.

— … mais ça me priverait du plaisir de voir ce que tu as dans les tripes. Au sens littéral, j'entends. Alors tant pis pour la vraisemblance.

La chaîne s'approchait de mon ventre, je me crispai en hurlant de terreur. Soudain une rafale d'arme automatique claqua dans l'air, couvrant le bruit de la tronçonneuse. Rafael s'arrêta, l'air interloqué, et posa son engin de mort au sol. Rodrigo et le Malien, à leur tour, jetèrent leurs armes et levèrent les mains. Maintenant que le bruit de la tronçonneuse n'était plus qu'un murmure, j'entendis hurler derrière moi.

— Couchez-vous ! À terre, tout de suite !

Je me retournai pour voir Rony s'avancer vers nous, armé d'une kalachnikov qu'il braquait sur les narcos.

31

Les flics étaient arrivés quelques minutes après Rony. Le Libanais avait dû les avertir juste avant d'intervenir. Et maintenant, j'étais assis dans la cabine d'une ambulance des pompiers, une couverture crasseuse jetée sur mes épaules. La portière était ouverte et mes jambes ballantes pendaient à l'extérieur. Plongé dans de sombres réflexions, je ne vis pas Hamidou Kansaye s'approcher.

— Alors, Solo, tu as bien failli finir en chair à saucisse, on dirait.

Flanqué de son chauffeur, le directeur affichait un air satisfait dont je ne savais s'il était dû à la bonne leçon qu'il estimait que j'avais reçue ou au fait que j'étais encore en vie. Le connaissant, j'optai pour les deux.

— On dirait, monsieur le directeur, on dirait.

Je vis Rafael Ortega et ses complices, les menottes aux poignets, monter dans un fourgon de la police. Ortega se retourna pour me dévisager. Nous nous regardâmes ainsi une interminable seconde.

— On va mettre ce démon en cage, ainsi que ses

suppôts. Mon téléphone n'arrête pas de sonner, tout le monde me demande des comptes, alors explique-moi ce qu'il s'est passé.

D'une voix monocorde, je fis le récit de cette soirée de cauchemar. J'expliquai que Rafael Ortega était probablement le boss d'un clan de narcotrafiquants, que Mike Kedzia n'était qu'un homme de paille, un comptable dont il avait décidé de se séparer.

— Vous devriez relever les empreintes de Kedzia, à mon avis ce n'est pas son vrai nom. Les autres l'ont appelé Alejandro à plusieurs reprises. Je parierais qu'il est sud-américain.

Kansaye hocha la tête.

— J'ai déjà reçu un appel du directeur de cabinet du Premier ministre qui m'a sommé de relâcher Ortega. Il se porte garant de l'Espagnol, qui serait un ami intime.

Je fermai les yeux et secouai la tête.

— Ne t'inquiète pas, je ne céderai à aucune pression. Cette affaire ira jusqu'à son terme. Bon, les pompiers veulent t'emmener aux urgences pour te faire subir des examens et…

— Dites-moi comment vous avez su.

— Su quoi ?

— Où je me trouvais.

Le directeur de la police judiciaire désigna une haute et large silhouette qui attendait à l'écart.

— Demande-lui.

Rony s'avançait, sa Gauloise au coin du bec. Kansaye prit congé en me souhaitant un prompt rétablissement.

— Comment as-tu fait ? demandai-je au Libanais.

Il pointa son doigt sur le Toyota HDJ dans la cour des abattoirs.

— J'avais installé une balise GPS dans la bagnole. Je n'avais pas confiance en vous, alors j'ai pensé que ce serait une bonne idée.

Je lui serrai longuement la main.

— Une putain de bonne idée, dis-je.

— Je vous ai suivis avec la vieille caisse depuis la baraque jusqu'aux abattoirs et, lorsque j'ai vu que ça tournait au vinaigre, j'ai appelé les flics avant d'intervenir.

Je songeai que, seulement quelques heures plus tôt, je voulais me débarrasser de lui.

— Sans toi je nourrirais les crocos à l'heure qu'il est.

— Je ne pouvais pas laisser faire ça. Les pauvres bêtes. Déjà que les crocos ont presque tous disparu dans les parages…

Je rigolai comme une baleine et ça me fit mal aux côtes, mais ce n'était pas grave. La douleur me rappelait que j'étais en vie.

Les pompiers m'évacuèrent à l'hôpital Gabriel-Touré où on me diagnostiqua deux côtes fêlées, une fracture du nez et une légère commotion cérébrale. Ils me gardèrent la nuit en observation. Inutile de préciser que je dormis comme un bébé, malgré le bruit incessant des urgences.

Le lendemain en fin de matinée, après avoir rempli les formalités administratives, je rentrai chez moi en taxi. Je mis un peu moins de temps pour descendre du véhicule que les cinq bonnes minutes qu'il m'avait fallu pour y monter. Je me traînai comme un grabataire jusqu'au portail et sonnai. Lorsque Modibo m'ouvrit, son jeune visage s'illumina et cela me fit presque plaisir qu'il se jette sur moi en gueulant.

— Patron, tu es rentré ? Que je suis content, dit-il en me serrant entre ses bras maigres.

— Doucement, gamin, j'ai mal partout.

Il scruta mon visage tuméfié et enflé.

— Vraiment, tu n'as pas bonne mine.

Il me prit par le bras et me conduisit avec un excès écœurant de douceur et d'attention à mon fauteuil, sur la terrasse. Je me laissai glisser dedans en soupirant d'aise. Le gamin disparut. Plongé dans une douce torpeur, je regardai le fleuve et ses eaux sombres, les calaos[1] fendaient l'air de leur vol ondulant. J'avais mal, mais j'étais en vie.

Modibo revint, un verre de scotch à la main, sec. Je le remerciai du bout des lèvres, mais je ne suis pas certain qu'il entendît tant il s'éclipsa vite, pour ne pas me déranger. Je me dis qu'au fond, il n'était pas si mal, ce gosse. Si on exceptait sa foi. Rony se pointa alors. Je lui proposai un whisky, mais il déclina.

— Je viens pour savoir si vous voulez que je reste encore un peu.

Je réfléchis rapidement.

— C'est inutile que tu perdes ton temps avec moi. La bande est sous les verrous, je ne suis plus en danger.

Le Libanais acquiesça.

1. Oiseau des forêts tropicales africaines au grand bec recourbé.

— Bon, alors je vous laisse. Si vous avez besoin, n'hésitez pas. Je vous laisse le HDJ, il est à Milo. Vous verrez avec lui.

Il me salua sobrement et tourna les talons.

— Rony, le rappelai-je.

— Oui ?

— Merci.

Il se retourna et me contempla de ses yeux noirs.

— Pas de quoi.

Un taiseux.

L'après-midi, malgré les douleurs de mon corps rompu et quelques vertiges, j'allai me promener au bord du fleuve. J'en remontai le cours paresseux en même temps que celui de mes pensées. Un peu plus loin en amont, il y avait un village bozo[1]. Rien de plus qu'un amoncellement de cases en terre crue – le banco –, une survivance condamnée d'avance par l'inexorable marche du « progrès ». Je croisais des pêcheurs qui reprisaient leurs éperviers pendant que d'autres déchargeaient d'une pinasse ventrue le sable qu'ils avaient récolté dans le lit du fleuve. Comme des forçats, ils portaient leur fardeau mouillé en tas sur des brancards de fortune dont ils se délivraient en le déversant sur de plus grands tas qui recouvraient la berge. Ce même sable servait à la construction des immeubles modernes et hideux qui poussaient comme des champignons dans Bamako et sur les rives du fleuve. En le récoltant, les Bozos contribuaient à leur propre disparition. Putain d'ironie. Je me demandais souvent s'ils en étaient conscients,

1. Ethnie de pêcheurs.

mais je savais qu'au fond, ils s'en foutaient. Quand la vie est si dure, seul compte le présent. Demain est une bataille qu'ils ne sont même pas sûrs de livrer.

Je les regardais travailler, âpres à la tâche, leurs muscles longs et noueux brillants au soleil redoutable. Remarquant ma présence, ils s'interrompirent pour m'examiner avec insistance, mais sans animosité.

— *Ani Kilé*, les saluai-je.

Leurs visages luisants de sueur s'illuminèrent.

— *M'ba, ani kilé. I ka Kéné ?*

Ils me demandaient si j'allais bien et, chose incroyable pour un Occidental qui expédie mécaniquement ses formules de politesse, ils semblaient accorder de l'importance à ma réponse.

— *Toroo Sitè.*

Ils sourirent amicalement et se remirent à la tâche non sans m'avoir adressé des signes de la main. Juste à côté, les femmes lavaient leur linge dans le courant et l'étendaient sur la berge pour qu'il sèche. Une nuée de gamins dépenaillés et morveux m'entoura soudain en me tirant par la manche et en me bombardant de questions, mettant à mal mes rudiments de bambara. Ils me suivirent un bout de chemin puis se lassèrent et disparurent en piaillant. Je regardais le fleuve.

J'avais mal, mais j'étais en vie.

32

Le lendemain, Kansaye m'appela pour m'annoncer que j'avais raison l'autre soir, les empreintes de Mike Kedzia avaient été passées à la moulinette d'Interpol et elles avaient parlé. Il s'appelait en réalité Alejandro Hilario Nuñez et était de nationalité colombienne. Il avait été condamné en Espagne pour blanchiment de trafic de stupéfiants, un chargement de cocaïne en provenance de Colombie qui lui avait valu deux ans dans une prison ibérique. Son oncle serait un certain Tomas Nuñez, un des chefs du cartel de *Norte del Valle*. Quant au dandy, son vrai nom était bien Rafael Ortega Torres. C'était un ancien policier espagnol de haut rang, défroqué après avoir été mis en cause dans une affaire de came à Málaga. Enfin, le bel hidalgo à qui il manquait désormais une oreille était vénézuélien. Il s'appelait en fait Rodrigo Camacho et était inconnu des services de police d'Interpol. Je remerciai le directeur de la police judiciaire de m'avoir tenu informé.

— Qu'est-ce que tu vas faire maintenant ? demanda-t-il innocemment.

Je savais qu'il était inquiet à l'idée que je puisse continuer à remuer la merde. Il aurait préféré que je me contente de savoir Rafael et ses complices en prison. Mais il ne me connaissait que trop bien.

— J'ai un ou deux trucs à vérifier.

Il y eut un blanc à l'autre bout de la ligne, puis :

— N'entreprends rien sans m'en parler auparavant, compris, *Warakalan* ?

— J'aurais une dernière faveur à solliciter, monsieur le directeur. Pourriez-vous garder secrète l'information sur la véritable identité de Mike Kedzia ? C'est primordial pour moi.

Kansaye ne trouva rien à redire. Je l'assurai de ne rien faire de dangereux sans son autorisation et de lui rendre compte de l'avancée de mes investigations. Il raccrocha, à demi rassuré. J'allai dans ma chambre et jetai dans mon vieux sac de voyage quelques vêtements de rechange, un sac de couchage, une trousse de toilette, des jumelles et mon Glock avec deux chargeurs. Aussi incroyable que cela paraisse, Kansaye m'avait rendu mon arme par l'intermédiaire de son chauffeur. Elle ne lui était d'aucune utilité, le Mali ne possédant pas de labo de balistique. Ce qui m'arrangeait bien d'ailleurs. Je tirais la fermeture éclair de mon sac quand mon téléphone sonna. C'était Faten Tebessi. J'hésitai à répondre.

— Qu'est-ce que vous voulez ? dis-je en décrochant finalement.

— On peut se voir ?

Je gardai le silence quelques secondes.

— Quand ?

— Maintenant si vous pouvez.

Je coupai la communication et jetai le portable sur le lit.

Je frappai à la porte de sa chambre à l'hôtel Laïco, l'esprit vide et la gorge sèche. Elle ouvrit et me dévisagea par l'entrebâillement.

— Vous vous comporterez en gentleman, cette fois ? demanda-t-elle.

— Ce n'est pas ce que vous attendez de moi.

Elle ouvrit complètement.

— Vous avez une sale gueule, dit-elle alors que j'entrais.

— Merci.

— Vous voulez boire quelque chose ?

Je la regardai se diriger vers le minibar en m'asseyant dans un fauteuil capitonné. Elle portait un tee-shirt moulant et un short échancré qui laissait apparaître la naissance des globes bronzés de ses fesses. Elle avait un cul un peu fort, comme je les aimais. Et des jambes musclées. Les traces de mes coups avaient presque disparu.

— Un scotch sans glace, merci.

Elle vida une mignonnette dans un verre à whisky et se servit un Coca zéro. Elle s'assit en tailleur sur le lit et me considéra froidement pendant que j'avalais une gorgée.

— Vous ne les avez pas tués, dit-elle en guise d'introduction.

— En fait, assassiner une bande de narcos armés jusqu'aux dents est plus compliqué qu'il n'y paraît.

— Je ne vous fais pas de reproches, c'est juste que je suis un peu déçue.

— Pas autant que moi, dis-je en songeant à Mike Kedzia ou plutôt Alejandro Nuñez.

Elle avala une gorgée du soda et fit rouler la bouteille le long de sa cuisse pour profiter de sa fraîcheur.

— Maintenant qu'ils sont en prison, vous allez laisser tomber, n'est-ce pas ?

— Non.

Le scotch me fit du bien, mais il faisait chaud dans la pièce. Elle n'avait pas mis la clim et déjà je commençais à transpirer.

— Que comptez-vous faire alors ?

— Je vais vérifier une piste ou deux, toute cette affaire n'est pas claire.

— Comment cela ? Au contraire, c'est évident. Bahia a découvert leur combine et, à sa sortie de garde à vue, ils l'ont assassinée pour la faire taire.

— Avec le temps, j'ai appris à me méfier des évidences.

J'avalai d'une traite le reliquat du liquide ambré qui me brûla la gorge. Je me levai.

— Vous ne voulez pas rester ?

J'en crevais d'envie ; me noyer dans son corps et la baiser, me répandre en elle jusqu'à la dernière goutte de mon sperme, en oublier ma solitude.

— Non.

Je me dirigeai vers la porte.

— Pourquoi ?

Je me retournai, la main sur la clenche.

— Pourquoi quoi ?

— Ils sont en prison, ils ne représentent plus de

danger pour vous. Votre ami sera vengé et, d'une certaine manière, Bahia aussi, alors pourquoi continuer ?

— Je ne sais pas faire autrement.

Je pressai la poignée.

— Attendez.

Elle se leva et s'approcha de moi. Sa main se posa sur la mienne, qui n'avait pas lâché la clenche. Nous nous regardâmes avec défiance, comme des ennemis fascinés l'un par l'autre. Comme des amants en guerre. Je la dominais de toute ma taille, mais c'était elle qui me réduisait à l'impuissance, d'un simple effleurement de sa paume moite. Doucement, elle prit ma main et l'attira contre son sein. Je grognai comme un animal.

J'étais si faible, je désirais tant mes chaînes.

Nos dents s'entrechoquèrent lorsque je l'embrassai éperdument. Elle me repoussa et se laissa glisser contre mes jambes, tombant à genoux devant moi pour mieux me gouverner. Elle défit ma braguette et descendit mon pantalon. Elle eut un petit soupir d'aise lorsqu'elle réalisa combien je bandais. Elle s'empara de ma bite sans douceur, la dégageant de mon caleçon pour mieux l'engloutir. Elle me suça avec délectation, jouissant de son pouvoir sur moi.

Je m'arrachai à sa bouche, pour ne pas jouir là comme un con, le pantalon en bas des pieds, à sa merci. Je la soulevai, les mains sous ses fesses, et marchai à petits pas jusqu'au lit, empêtré dans mon futal comme un zombie de Romero. Là, je la jetai sur la couche avec violence. Elle gémit et me regarda, un petit sourire effronté et victorieux sur sa bouche encore humide de la pipe qu'elle m'avait infligée.

J'avais tellement envie d'elle que cela me faisait mal au ventre. En un tour de main, je me retrouvai à poil devant elle, ma queue tendue comme un arc, flèche engagée, les cadavres de mes vêtements gisant autour de moi. Pour enlever son short, je la retournai sur le ventre comme un vulgaire sac de linge sale. Elle protesta tandis que, sans ménagement, j'arrachai le bout de tissu dont les coutures craquèrent. Puis, au comble de l'excitation, je la submergeai en m'enfonçant en elle d'un coup de reins désespéré. Son cri de douleur se mua en geignements hargneux de plaisir pendant que je la fourrais à grand renfort de coups de queue. Je meurtrissais ses fesses et sa poitrine, pétrissant sa chair comme un forcené. J'avais faim d'elle. Je la retournai et coulai jusqu'à sa chatte sublime. Je m'y abreuvai comme un assoiffé à l'oasis, perdu entre les dunes. Je lapais et elle se tordait en tous sens.

Je la haïssais de tant la vouloir.

Alors je la pris à nouveau et lorsque, à la limite de l'apoplexie, je jouis comme on rend les armes, elle eut un petit rire ironique. Je m'effondrai dans les draps, irrémédiablement défait.

Plus tard, immergé dans une langueur moite, je résistais au sommeil qui me gagnait, à l'abandon de moi. Non, ma défaite ne pouvait pas être totale. Il me restait la fierté. Si peu de fierté.

Nous avions recommencé plusieurs fois, baisant furieusement, possédés par le plaisir pour mourir presque, épuisés et vaguement nauséeux, gavés de fluides. Maintenant, elle s'était blottie contre moi dans le creux de mon épaule. Sa main effleurait ma poitrine. Si je n'avais pas su qui elle était, j'aurais pu m'imaginer des choses, des conneries mièvres.

— Tu es la première femme que je baise depuis longtemps qui ne soit pas une pute, dis-je à brûle-pourpoint en ricanant.

Si j'avais voulu la blesser, j'en fus pour mes frais.

— Depuis la mort de ta femme ? demanda-t-elle.

Je fermai les yeux et grinçai des dents. Elle se redressa sur les coudes et me dévisagea d'un air grave, ses grands yeux noirs brillant dans la pénombre.

— Dis mon prénom, dit-elle.

— Quoi ?

— Je veux que tu dises mon prénom, comme ça je saurai que j'existe. Et tu sauras que j'existe.

— C'est quoi cette connerie ?

— Dis-le !

— Faten… Voilà, t'es contente ?

— Encore, dis-le encore.

Alors je le répétai plusieurs fois. Crescendo, jusqu'à hurler son prénom comme une incantation. Lorsque je me tus enfin, il y eut un long silence entre nous. Nous nous regardâmes et soudain j'explosai de rire. Elle se joignit à moi… jusqu'aux larmes.

33

Le lendemain je pris la route au volant du HDJ. C'était l'aube, mais la nuit s'attardait encore un peu. Déjà les lueurs de la pointe du jour palpitaient au levant. Je pris la direction du nord, franchis le pont des Martyrs et remontai l'avenue Modibo-Keïta puis l'avenue de la Liberté. Dans la série de virages qui serpentent le long de la colline de Koulouba, la ville s'offrait à moi en contrebas, belle et somnolente. Les réverbères s'éteignaient un à un. Je laissai le palais présidentiel à main gauche et pris la direction de Kati que je traversai en passant par le camp militaire. À la sortie de la ville, je pris vers l'ouest. Je roulai ainsi, la fenêtre ouverte, un cigarillo au coin du bec, jusqu'à atteindre la jolie petite ville de Kita où je fis le plein. Je n'étais pas sûr de trouver de l'essence avant Keniéba et je ne voulais pas prendre le risque de tomber en rade en pleine brousse. Je fis ensuite une halte dans une petite épicerie où j'achetai des packs d'eau minérale et des mangues. Je mis le tout dans le coffre du 4 × 4, à côté d'un matelas en mousse que j'avais pris la précaution d'embarquer.

Je repris la route après m'être dégourdi les jambes. Au nord, les monts Mandingues et leurs falaises de grès dominaient la route de leurs parois violettes et pierreuses. En fin de matinée, j'atteignis la ville de Bafing Makana, capitale de la réserve du Bafing, située au sud de la retenue d'eau de Manantali. Dans ce bled paumé, le goudron s'arrête. Je dus emprunter une piste défoncée, pleine de fech-fech, ce sable blanc poussiéreux, si fin que l'on s'y enlise lorsqu'on a le malheur de lever le pied de l'accélérateur. Je traversai une forêt dense pour arriver sur la berge rocailleuse d'une vaste rivière. Des gosses attendaient là le passage des voitures. Ils entourèrent le 4 × 4, prétendant qu'ils connaissaient le gué. Je filai un billet de mille francs à celui qui était manifestement l'aîné et ils me guidèrent dans le courant qui leur arrivait aux cuisses. Grâce à eux, je passai sans encombre et repris ma route sur l'autre berge en direction de Keniéba. Le soleil, clément dans la matinée, donnait maintenant sa pleine mesure et je mis en marche la climatisation de la voiture. Je croisai à plusieurs reprises des engins de chantier et des 4 × 4 portant le nom de sociétés minières, mais jamais celui de Cartagena. Tout en roulant, j'observais les immenses excavations qui avaient été creusées dans les flancs des monts Bambouk. Des exploitations aurifères.

J'arrivai à Keniéba en milieu d'après-midi. Je refis le plein et je mangeai de la chèvre rôtie suintant la graisse dans une dibiterie[1] de la rue principale. Je me rendis ensuite au poste de gendarmerie où je

1. Boutique de vente de viande grillée.

demandai au planton s'il pouvait m'indiquer le chemin de la mine de Cartagena. Le pandore réfléchit longuement en secouant la tête puis interpella en bambara un vieil homme qui passait dans la rue. À son tour le vieillard secoua la tête.

— Non, vraiment ça me dit rien. Vous avez une adresse ? demanda le gendarme.

De mémoire je citai le nom de Dioullafoundou, que j'avais lu sur le site Internet de Cartagena. Le visage du gendarme s'éclaira.

— Oui, je connais. C'est un village à trente kilomètres au nord-est. Il faut virer à gauche dans la latérite là-bas, dit-il en me désignant une misérable piste pour ânes et charrettes.

— Cette latérite ? Elle est carrossable ?

Le gendarme m'assura que oui. Je le remerciai, remontai dans mon 4 × 4 et empruntai la piste. Rapidement mes côtes fêlées demandèrent grâce, mais je serrai les dents, les yeux fixés sur le prochain obstacle à négocier. Une heure et demie plus tard de cahots à m'en casser les dents, j'arrivai à Dioullafoundou. En fait de village, ce n'était qu'un misérable aggloméτat d'une vingtaine de cases en banco. À nouveau je demandai où se trouvait la mine Cartagena. Parmi les villageois bien peu parlaient ma langue, mais un vieux finit par me dire dans un français laborieux qu'il ne connaissait pas cette mine. Je réfléchis rapidement et demandai s'il y avait une piste pour avions à proximité du village. Le vieux hocha vigoureusement la tête et me montra la direction de l'ouest.

— Là-bas ! Les Blancs, ils ont fait un terrain pour des petits avions.

Le vieillard me confirma qu'on pouvait s'y rendre en voiture. Je le remerciai chaleureusement et démarrai. Au couchant, le soleil avait entamé son reflux. Je consultai ma montre : 16h45. Je n'avais plus que deux heures de soleil au grand maximum. Rouler sur une piste dans le noir était suicidaire, mais j'étais d'humeur aventureuse. Je conduisis pendant une bonne heure, secoué en tous sens, et j'en vins à regretter le chemin qui conduisait à Dioullafoundou. Enfin, je parvins à la piste d'atterrissage. Tout au plus un champ débroussaillé et aplani à la pelle et à la pioche. Il fallait que Humbert fût un sacré bon pilote pour poser son coucou sur ce terrain de fortune. J'arrêtai le moteur et fis le tour de la piste. À l'angle nord, un sentier partait en direction des montagnes, dans une épaisse forêt. Je revins au 4 × 4 et pris mon Glock dans mon sac à dos. Je le glissai dans son étui sous ma saharienne. Je marchai un petit quart d'heure entre les arbres, accompagné par le chant des oiseaux tropicaux et par les cris d'alerte des singes. Enfin, j'arrivai sur un surplomb rocheux dominant un vaste cirque montagneux. Le sentier mourait devant une cabane de planches grossières, au toit de tôle ondulée. Sous un petit appentis attenant, il y avait un groupe électrogène, parfaitement entretenu. J'appelai, la main sur la crosse du Glock. La porte de la cabane grinça et s'ouvrit sur un vieil homme, torse nu et en short. Il était maigre comme un sommier à lattes et noir comme la poix. Il ressemblait à Drissa.

— *Ani oula*, dis-je.

— *M'ba ani oula*, répondit-il, les yeux plissés.

— Je cherche la mine de Cartagena.

Il me regarda d'un air méfiant.

— C'est ici.

Je scrutai les alentours.

— Je vous demande pardon, mais je ne vois pas de mine.

Il me désigna le cirque en contrebas.

— Elle est là, la mine.

Je m'approchai du rebord. En regardant avec attention, on devinait que les contours du cirque n'étaient pas naturels. Je pouvais distinguer, malgré la végétation qui avait envahi les lieux, les terrasses aménagées pour les engins de chantier.

— Ça fait combien de temps qu'elle n'est plus exploitée ?

Le vieil homme se gratta la tête.

— Vraiment, je ne me rappelle plus. Ça doit bien faire vingt ans.

— Et vous, vous faites quoi ici ? demandai-je, incrédule.

— Moi ? Je garde la mine et je fais passer le courrier pour Bamako, lorsque l'avion vient, une fois par mois.

Je discutai avec le gardien sans prêter attention au soleil qui se couchait. Quand je vis que les ombres s'étiraient à l'infini comme une sculpture de Giacometti, je réalisai qu'il était temps d'y aller. Je remerciai le vieil homme et rejoignis ma voiture en pressant le pas. Lorsque j'arrivai au 4 × 4, la nuit était tombée. La forêt résonnait des cris des animaux nocturnes et craquait de toute part comme un vieux navire sous le vent. J'hésitai à reprendre la route et finalement je renonçai. J'avais une chance sur deux de casser un organe mécanique de la voiture. Je sortis du coffre le matelas en mousse que j'installai sur le toit du Land Cruiser, dans la galerie. Je déroulai mon sac de couchage et m'installai confortablement. Un ciel miraculeux déployait ses constellations en un tapis ardent. Sous une pluie d'étoiles filantes, je mangeai des morceaux fondants de mangue. De la pointe de mon couteau, je les mettais dans sa bouche en m'extasiant comme un gosse.

34

J'ai si peur.

Ils sont là, tous les deux.

Sur leurs brancards.

Le légiste n'est pas encore là, lui. Il doit probablement persécuter un autre cadavre dans une autre salle d'examen, pour lui arracher la vérité de son trépas. Je suis venu tellement souvent dans cette salle carrelée, mais jamais avant je n'avais eu aussi froid. Je grelotte. Je m'avance vers eux, sans m'en rendre vraiment compte, glissant sur un tapis roulant.

Juste à côté des corps, dans des sacs plastique transparents, leurs affaires ramassées par les pompiers, probablement. Parmi elles, il y a le chèche que j'ai offert à ma femme au début de notre mariage. Je l'avais acheté à un Targui sur le marché de Médine à Bamako. Je le sors du sac, il est maculé de sang. Son sang. J'y enfouis mon visage en sanglotant doucement. Je hume le parfum persistant aux notes d'agrumes. Son parfum. Il se mélange avec celui, âcre et métallique, de la mort. Je glisse le chèche dans mes vêtements, sous mon blouson, puis je m'approche d'eux. Ils sont encore dans les sacs à viande.

Un petit. Un grand.

Je sèche mes larmes et je fais glisser la fermeture éclair du grand. Par la petite ouverture que j'ai ménagée, je distingue son visage, elle a un œil fermé et l'autre ouvert dans un sinistre clin d'œil d'outre-tombe. Je ferme l'œil ouvert et effleure sa joue glacée. On dirait presque qu'elle dort. Si ce n'est un peu de sang coagulé sous son nez et à la commissure des lèvres.

J'ouvre complètement.

Elle n'a plus guère de vêtements. Les médecins du Samu les ont découpés pour intervenir. Ils font toujours ça. Je regarde sa nudité blême sous le néon ronronnant. Mes doigts effleurent à nouveau sa peau glacée. Je n'arrive pas à reconnaître dans ce corps que j'ai si souvent caressé, dans cette poitrine affaissée que j'ai pétrie l'esprit en feu, cette chatte que j'ai cajolée, léchée, pénétrée en murmurant des obscénités, la femme que j'ai aimée. Je l'ai tellement aimée et tellement trahie, alors je m'approche encore et je scrute ses traits fins que la mort n'est pas parvenue à affadir. Je cherche quelque chose, je ne sais pas… Une trace résiduelle de son âme, une étincelle. Quelque chose. Mais il n'y a plus rien, plus rien que de la chair corrompue et des os de poussière. J'imagine les mouches pondant leurs œufs. Je ferme les yeux puis les rouvre. Je regarde ma main. Je distingue une veine qui palpite sur mon poignet au rythme irrégulier de mon cœur mort, mais qui l'ignore.

Alors, je m'avance en pleurant vers le petit sac. Je brûle de haine et de désespoir et je ne sais lequel des deux l'emportera. La haine sans doute, avec moi elle a toujours le dernier mot.

La main tremblante et les yeux fermés, j'ouvre le sac. À la fin, j'ouvre les yeux… et je hurle comme une bête.

35

Je fus réveillé à l'aube par le chant tapageur des oiseaux. Les yeux lourds de sommeil, j'aperçus une femelle phacochère qui fouissait avec ses petits à la lisière de la forêt. Je désinstallai mon bivouac et repris la route. Je refis le chemin en sens inverse, traversai Dioullafoundou et tournai vers Keniéba. Lorsque enfin j'arrivai chez moi, après des heures de conduite, Modibo attendait, fidèle au poste. À peine descendu de la voiture, je dus subir un assaut écœurant d'amabilités et de gentillesses mignardes. Le gosse s'empara de mon sac. Il me suivait comme un chiot, me donnant des nouvelles de la maison, du quartier et de la ville entière comme si j'étais parti le mois dernier. Lassé, je lui donnai son congé et j'eus l'impression que cela le blessait. Lorsqu'il sortit sans dire un mot, je m'en voulus de ma brusquerie.

Je dînai seul, perdu dans mes pensées.

Le lendemain matin, je pris mon café sur la terrasse face au fleuve. Modibo me servit en silence pour une fois, mais paradoxalement cela me contraria qu'il fasse la tête.

Sale gosse.

Mon téléphone sonna, c'était Kansaye.

— Solo, j'ai une mauvaise nouvelle, une très mauvaise nouvelle en fait, dit-il en faisant l'impasse sur les salutations.

Je savais d'avance ce qu'il allait m'annoncer.

— Ils vont être libérés.

Le directeur eut comme un râle.

— Je suis fou de rage. Ils ont acheté le juge d'instruction et probablement toute la magistrature.

— Ils en ont les moyens.

— J'ai eu beau tempêter, menacer, rien n'y a fait. Rafael et Rodrigo seront libres demain matin.

— C'est parfait.

Je crus bien qu'il allait s'étrangler.

— Comment cela, c'est parfait? Et moi qui t'appelle pour te dire de numéroter tes abattis. Ils vont vouloir finir le travail.

Numéroter mes abattis. Je souriais en mon for intérieur, Kansaye employait souvent des expressions surannées.

— Pour ce que j'envisage, il me les fallait en liberté. Et je doute de figurer parmi leurs priorités.

Je subis un feu roulant d'exhortations à la prudence et le rassurai en promettant de faire appel à nouveau à un garde du corps si les choses s'envenimaient. Je raccrochai pour composer le numéro de l'ambassade de France. Je demandai à parler à l'attaché de sécurité intérieure. Je patientai pendant quelques instants en écoutant le message répétitif d'une voix enregistrée. Enfin on décrocha à l'autre bout de la ligne.

— Oui ?

— Bonjour, monsieur l'attaché de sécurité intérieure.

— Bonjour. À qui ai-je l'honneur ?

— Nous nous sommes rencontrés récemment, à une petite fête chez l'ambassadeur. Souleymane Diabaté, vous savez, le griot…

Il y eut un silence glacial.

— Camara. Qu'est-ce que vous voulez ?

— Que vous me rendiez un service.

— Vous ne manquez pas de toupet, espèce de salopard.

— Je ne viens pas les mains vides.

— Allez vous faire foutre.

— Une grosse affaire de coke, ça vous intéresse ?

Nouveau silence. Je savais que je l'avais ferré ; une belle affaire de came, ça fait toujours saliver les poulets, ils ne peuvent rien y faire, c'est dans leurs gènes.

— Retrouvons-nous au bar de l'hôtel Kempinski El Farouk. Dans une demi-heure.

Je raccrochai, satisfait.

— Modibo ! appelai-je. Tu as bien une Jakarta[1] ?

L'hôtel Kempinski El Farouk est construit sur un réseau de pilotis en béton au bord du fleuve Niger. Je m'avançai dans le hall luxueux et réfrigéré jusqu'au bar qui surplombait les flots marron. L'attaché de sécurité intérieure m'attendait à une table, sirotant un jus d'orange. Je tirai une chaise en face de lui.

1. Modèle le plus commun de la mobylette chinoise.

— Merci de m'accorder un peu de temps, dis-je en m'asseyant.

Il buvait à la paille en m'observant d'un air peu amène.

— Parlez-moi de cette affaire de coke.

— Vous avez entendu parler du meurtre à la tronçonneuse ?

— Évidemment.

— J'étais sur place quand c'est arrivé.

— Quoi ? Mais ça ne figure nulle part dans les comptes rendus de la police malienne !

Je fis signe au serveur et commandai un café.

— Je dois cette faveur à la bienveillance du directeur de la police judiciaire.

Le flic français me dévisagea.

— J'aimerais comprendre pourquoi le tout-puissant directeur de la PJ protège un fugitif.

— Mon père et lui étaient amis d'enfance. Ils ont été élevés ensemble. Pour un Malien, la famille du cœur est aussi importante que celle du sang. Elle implique autant d'obligations d'ailleurs. Kansaye est une sorte de père de substitution pour moi.

— Je vois. Pour en revenir à cette affaire de coke, j'aimerais que vous m'en disiez plus. Pourquoi les Maliens ont caché votre implication dans cette affaire ?

Le serveur déposa une tasse de café devant moi.

— Je ne suis pas impliqué, j'enquête dans le cadre d'une affaire privée pour le compte d'un client. Mes investigations m'ont amené à croiser le chemin d'une bande de narcos. J'ai bien failli subir le même traitement que ce pauvre type.

— Mike Kedzia.

— Vous êtes au courant.

— Ça fait la une des journaux. Au téléphone vous avez déclaré avoir un service à me demander.

— J'ai besoin que vous interveniez pour moi auprès de l'ODL[1] d'Amérique du Sud.

L'attaché de sécurité intérieure m'observa d'un air détaché.

— Et moi, qu'est-ce que j'y gagne ?

— Je partagerai avec vous les éléments que je recueillerai. Un gros coup se prépare. Une livraison, j'imagine.

Le policier éclata de rire.

— Ben voyons.

— Commissaire, qu'avez-vous à perdre ? Dans cette affaire j'en sais plus que n'importe qui. Et pour vous prouver ma bonne foi, je vais vous filer une info de première bourre. Paris sera aux anges.

— Dites toujours.

— L'Ukrainien, Mike Kedzia, est en fait un Colombien qui s'appelle Alejandro Hilario Nuñez.

Le policier français demeura impassible, mais je devinai qu'au fond de lui ça bouillonnait.

— Soit, dit-il en se raclant la gorge. Que voulez-vous exactement que je demande à l'ODL d'Amérique du Sud ?

Je le lui dis et j'eus la satisfaction de voir ses yeux s'écarquiller.

1. Officier de liaison, un policier spécialisé dans les stups basé dans des zones géographiques sensibles du trafic international de drogue.

36

Quand, en fin de matinée, Rafael et Rodrigo sortirent de la maison d'arrêt de Bamako, j'attendais tranquillement assis sur la selle de la mobylette chinoise de Modibo. Rien de tel que l'un de ces deux-roues pour passer inaperçu. Il en existe des centaines de milliers qui vrombissent dans les rues de Bamako. Pour l'occasion, j'étais vêtu d'un jean troué et d'un vieux tee-shirt et je portais une casquette aux couleurs d'une ONG de lutte contre le sida. Une énorme paire de lunettes de soleil me mangeait la moitié du visage. Bref, j'étais méconnaissable. Dans l'immense portail à double battant en acier rouillé, une petite porte s'ouvrit, livrant passage aux deux Hispaniques. Un peu désorientés et éblouis, ils jetèrent un œil aux alentours en mettant leurs mains en visière. Je tournai la tête malgré moi, ils ne pouvaient pas me reconnaître. Rodrigo, qui arborait deux pansements sur le cou et sur l'oreille, serra longuement et chaleureusement la main d'un officier de l'administration pénitentiaire pendant que Rafael faisait signe au Pajero garé à l'ombre sur la petite place en face de la prison. Au volant, il y avait Coulibaly, qui démarrait et s'avançait vers ses nouveaux patrons. Il a une famille à nourrir, me dis-je avec indulgence. Rafael et Rodrigo montèrent dans le 4 × 4 qui prit la direction du fleuve. À mon tour je démarrai et me faufilai dans la circulation dense qui précède l'heure du déjeuner. Nous ne roulâmes pas très longtemps puisque le Pajero s'arrêta à quelques centaines de mètres de là devant un resto tex-mex, l'Apaloosa, célèbre pour ses hôtesses ukrainiennes et ses serveurs coiffés de ridicules chapeaux de cow-boys.

Après le sévère régime alimentaire de la maison d'arrêt, mes trafiquants avaient besoin de se requinquer. Coulibaly déposa ses passagers et reprit la route. Je garai mon deux-roues un peu plus loin dans la rue, sous un manguier, dont je partageai l'ombre avec un vendeur de cigarettes. Nous échangeâmes à bâtons rompus sur la situation dans le Nord et les indépendantistes touareg qui avaient récemment fait parler d'eux en attaquant une gendarmerie dans le cercle de Kidal. Le vendeur m'offrit le thé. Le soleil martelait le sol de ses rais impitoyables. C'était l'heure la plus dure, celle qui vous fait fondre comme une motte de beurre, vous noyant dans votre propre sueur. J'imaginais mes Hispaniques faisant bombance au frais, sous les climatiseurs. Je patientai trois heures, et bientôt le vendeur de clopes et moi eûmes épuisé tout notre stock de discussion ; nous restâmes ainsi, le silence interrompu seulement par les clients qui achetaient les clopes de contrefaçon, imitant de célèbres marques américaines.

Ce fut avec soulagement que je vis arriver, aux alentours de quinze heures, le Pajero conduit par Coulibaly. Rafael et Rodrigo ne tardèrent pas à sortir de l'Apaloosa et s'engouffrèrent dans l'habitacle climatisé. Je saluai le vendeur de clopes et démarrai à la suite du gros 4 × 4. Ils se rendirent dans une grosse villa d'ACI 2000 dont je devinai qu'elle était leur point de chute. Ils en sortirent en fin d'après-midi, rasés de près et vêtus de propre. La filature reprit cette fois à travers l'avenue Kassé-Keïta, près de la gare. Le Pajero se gara dans la cour du quartier général de l'entreprise Total Mali. Je fis de même, un masque en papier sur le visage comme en portent parfois les motocyclistes pour se protéger de la pollution urbaine et des gaz d'échappement. Je mis la Jakarta sur béquille et sortis de la sacoche une double enveloppe vierge en affectant l'attitude nonchalante des coursiers. Rafael et son comparse descendirent de leur 4 × 4. Je leur emboîtai le pas lorsqu'ils avancèrent vers un vieux garde de sécurité qui filtrait les entrées dans sa tenue marron impeccable.

— Nous avons rendez-vous avec M. Ibrahim Soumano, déclara Rafael, tandis que Rodrigo se retournait pour me dévisager.

Derrière mon masque, je me mis à transpirer, mais je ne détournai pas le regard. Je m'emparai d'un stylo-bille dans ma poche et griffonnai sur l'enveloppe pendant que le regard de Rodrigo glissait sur moi, indifférent.

— Deuxième étage, quatrième porte à droite, annonça le factionnaire.

Je retirai le masque en papier et m'avançai sous le

regard scrutateur du garde après que les Hispaniques se furent engagés dans le grand escalier.

— J'ai un courrier pour M. Ibrahim Soumano, dis-je en exhibant le pli sur lequel je venais d'inscrire le nom.

— Il est en rendez-vous. Mais tu peux me laisser le courrier si tu veux. Je le lui remettrai.

Je pris un air embarrassé.

— Vraiment, ça me gêne. Mon patron m'a ordonné de le lui remettre en main propre. C'est un courrier très important.

— Alors tu n'as qu'à attendre. Deuxième étage, quatrième porte à droite.

Je le remerciai et suivis ses indications. J'attendis une bonne demi-heure devant la porte et, lorsque Rafael et Rodrigo sortirent, je tournai vivement le dos. Dès qu'ils eurent disparu dans le couloir, je frappai à la porte sur laquelle un panonceau annonçait Ibrahim Soumano.

— Entrez.

Je me retrouvai dans un bureau réfrigéré. Un type vêtu d'une chemisette à carreaux, et d'une immonde cravate à rayures violettes me dévisageait derrière une paire de lunettes aux verres en cul de bouteille. Sur son bureau en désordre, des monceaux de papier formaient les colonnes d'un temple dédié au dieu des scribouillards.

— Qu'est-ce que vous voulez ? demanda-t-il du ton impatient dont usent volontiers les gratte-papier pour asseoir leur importance.

Je jetai l'enveloppe dans sa corbeille et exhibai rapidement une fausse carte de police cornée.

— Inspecteur Souleymane Camara de la brigade d'investigations judiciaires, annonçai-je pompeusement en priant pour qu'il ne me reconnaisse pas.

— Que voulez-vous, inspecteur ?

Manifestement, j'étais moins connu que je ne l'imaginais.

— Je mène une enquête sur deux suspects qui sortent à l'instant de votre bureau.

— M. Ortega et son associé sont des hommes d'affaires estimés et prospères, protesta Soumano comme si je l'avais mis en cause personnellement.

— Tout à fait, lorsqu'ils ne jouent pas de la tronçonneuse.

— Je vous demande pardon ?

Apparemment, le nom de Rafael Ortega n'avait pas été révélé dans les médias.

— Je voudrais savoir pour quelle raison ils se sont entretenus avec vous.

Soumano me regarda avec suspicion.

— Ce ne sont pas vos affaires. Mais dites-moi, il ne vous faut pas un mandat ou une commission rogatoire pour ce genre de demande ?

— Vous me faites perdre mon temps. Appelez mon chef, le commissaire divisionnaire Pierre Diawara. Il vous confirmera mes dires.

Je lui donnai le numéro de la BIJ et, comme il hésitait, j'enfonçai le clou.

— Dépêchez-vous, si vous ne voulez pas être convoqué à la brigade d'investigations judiciaires ! tonnai-je.

Mon éclat de voix et mon assurance eurent l'effet escompté, Soumano fit la grimace, mais s'exécuta.

Docilement, il composa le numéro après avoir mis le haut-parleur. Au standard de la BIJ, il demanda à parler au commissaire. Lorsque j'entendis Pierre décrocher, mon cœur se serra d'angoisse. Comment réagirait-il ?

— Monsieur le commissaire, j'ai là un de vos hommes, l'inspecteur Souleymane Camara, qui prétend mener des investigations sur certains de nos clients. Il a une demande inhabituelle, c'est la raison pour laquelle j'aimerais que vous me confirmiez qu'il travaille bien dans le cadre d'une enquête de votre service.

Il y eut un silence à l'autre bout de la ligne. À nouveau je transpirai. Soudain la voix de Pierre résonna dans la pièce.

— L'inspecteur Camara est l'un de mes meilleurs éléments. Je vous invite à faire droit à toutes ses demandes.

Soumano eut un sourire un peu crispé.

— Très bien, commissaire.

— Il m'entend, là ?

— Oui, tout à fait. J'ai mis le haut-parleur.

— Solo, n'oublie pas de venir me rendre compte de tes investigations, si importantes.

— Je n'y manquerai pas, commissaire.

Soumano raccrocha, un sourire affable sur son visage de faux-cul.

— Quelle est votre demande, inspecteur ? Nous ferons tout pour la satisfaire.

Je tirai un fauteuil et m'y affalai. C'est à peine si mon insolence le fit sourciller.

— J’ai besoin de connaître l’objet de la visite d’Ortega.

Soumano se racla la gorge. Ça avait du mal à passer.

— M. Ortega et son associé venaient s’assurer que la livraison de leur commande serait bien effectuée en temps et en heure.

— Et c’est le cas ?

— C’est le cas.

Nous nous regardâmes en silence. Longuement.

— Alors ? C’est quoi cette livraison ?

Il soupira et, pendant un instant, je crus bien qu’il allait pleurer.

— Un camion-citerne de Jet A.

— Et c’est quoi du Jet A ?

— Du kérosène. Du carburant pour avions.

37

Sur le chemin du retour, au guidon de la Jakarta, je réfléchissais aux déclarations de Soumano. Rafael se faisait livrer du Jet A, un carburant dont le cadre de Total m'avait dit qu'il n'était utilisé que pour les avions à réaction. Les deux coucous que pilotait Stéphane Humbert pour le compte de Cartagena fonctionnaient avec des moteurs classiques à pistons consommant un carburant d'aviation traditionnel. Alors, à quel avion était destiné ce kérosène ? J'en avais bien une petite idée, mais mon téléphone vibra dans ma poche, mettant fin à mes réflexions. Je répondis en pilotant mon engin d'une main. Malgré le côté hasardeux de la manœuvre, je parvins à maintenir le cap, tout en parlant avec Pierre qui me rappelait ma promesse de lui fournir des explications. Je me déroutai et fis un passage par la BIJ. Après avoir éclusé une ou deux bières avec le commissaire Diawara, je lui expliquai que je poursuivais mon enquête sur Cartagena. J'avais simplement vérifié des éléments périphériques, j'avais « fermé des portes », comme on dit dans notre jargon policier. Pierre acquiesça, mais je vis bien qu'il ne me croyait pas. Il me fit promettre de lui rapporter tous les éléments que je découvrirais, qu'ils soient périphériques ou non. La main sur le cœur, je jurai et, lorsque je sortis de son bureau, la bière avait un goût amer. Mais j'étais décidé à ne pas le mêler à ça, les jours suivants seraient déterminants et il risquait d'y avoir des victimes collatérales comme cela avait été le cas pour Bahia Tebessi. Il y avait eu bien assez de morts. Sur le chemin du retour, je m'arrêtai dans un magasin d'électronique où j'achetai un téléphone satellitaire avec un chargeur allume-cigare. Rien de tel pour passer un coup de fil en pleine brousse. Je préférais prendre les devants, au Mali la couverture du réseau GSM n'est pas étendue en dehors des villes et des grosses bourgades. De retour à la maison, je me délassai sous une douche fraîche puis, vêtu d'un simple short, j'allai inspecter le HDJ 80 dans le garage. Je mis une bonne dizaine de minutes pour trouver le GPS aimanté, collé sous le bloc moteur près du radiateur, là où l'avait mis Rony. Je le récupérai et observai le boîtier. Il était équipé d'un câble avec une prise USB mâle. Je le branchai sur mon ordinateur et trouvai rapidement le moyen de télécharger le logiciel d'exploitation sur Internet. Un quart d'heure plus tard, la position du GPS s'affichait sur Google Earth. Satisfait, je mis la batterie en charge sur le secteur avant de me coucher.

Le lendemain matin, je me réveillai avec l'appel à la prière du muezzin et me faufilai sous la douche pour récurer les lambeaux persistants de mes rêves. Je préparai mon sac en toile dans lequel je rangeai le nécessaire pour un voyage d'une semaine au plus. Je ne savais pas où allait me mener cette affaire, aussi je préférais prévoir large. Dans un petit sac à dos, je glissai mon ordinateur portable dans sa housse, des jumelles, mon reflex muni de son téléobjectif et le téléphone satellitaire. Après un petit déjeuner frugal, j'empruntai à nouveau la Jakarta de Modibo et pris la route de l'aéroport. Sur place, je repérai dans la zone de stockage des carburants les immenses réservoirs sur lesquels figurait le sigle de Total Mali. J'allai patienter à l'ombre sur la selle de la mobylette. Soumano m'avait assuré que la livraison devait se faire dans la matinée. Quand je lui avais demandé combien de fois Ortega et ses sbires avaient passé une commande de Jet A, le binoclard avait fait des recherches sur son ordinateur et la sentence était tombée, c'était la troisième fois en un an.

Le soleil était déjà haut dans le ciel et il y allait de bon cœur, l'enfoiré. L'harmattan soulevait des arabesques de poussière brûlante. Comme un imbécile, je n'avais pas pensé à glisser une bouteille d'eau dans l'une des sacoches de la mobylette. Ma bouche était aride et craquelée comme un marigot asséché. Soudain je vis arriver un camion-citerne conduit par Rodrigo. À côté, sur le fauteuil passager, il y avait l'homme de main malien, le géant qui était avec lui dans les abattoirs. Ils passèrent devant moi sans m'adresser un regard et entrèrent avec le poids lourd dans le dépôt d'hydrocarbure. Il leur fallut une heure pour remplir la citerne et signer la paperasse. Lorsque le camion sortit, je démarrai à sa suite en direction de Bamako. En arrivant dans les faubourgs de la ville, la circulation se fit plus dense et je profitai d'un feu rouge pour me positionner à l'arrière droit de la citerne. Je jetai un œil dans le gros rétroviseur extérieur, mais le gros bras malien ne me prêtait pas d'attention. Je sortis la balise GPS magnétique de la poche de ma saharienne et la collai sous l'aile du poids lourd à un endroit où elle n'était pas visible – sauf en cas d'examen attentif – et où elle ne risquait pas de se détacher. Cela fit un petit klong, mais personne ne remarqua rien. Au feu vert, le camion prit la direction du pont du Roi-Fahd. Je le laissai filer. Je n'avais plus besoin de respirer leurs gaz d'échappement dorénavant. De retour à la maison, je branchai mon ordinateur portable et cliquai sur l'icône du programme de géolocalisation de la balise. À mon grand soulagement, elle fonctionnait parfaitement et indiquait la position du siège social de Cartagena. Modibo arriva avec une bière glacée. Je le remerciai et engloutis le liquide à grandes gorgées sonores.

Le lendemain matin, au réveil, je me ruai sur l'ordi. Je jurai : le poids lourd était en mouvement. Il roulait en direction de la ville de Ségou, à l'est. Ces salopards étaient partis de nuit. J'avalai une tasse de café, pris mon sac de voyage, glissai mon Glock dans son étui et sautai dans le 4 × 4. Après avoir donné quelques instructions sommaires à Modibo, je l'assurai de mon retour rapide. Le gamin semblait désemparé, inquiet même.

— Te fais pas de mouron, tout va bien se passer.

Il me regarda sans comprendre.

— Qu'est-ce que c'est, du mouron ?

Je m'engageai sur la latérite, soulevant un nuage ocre.

38

Je parcourus Bamako et ses avenues engorgées. Sans connexion Internet, je ne pourrais consulter le logiciel de données GPS avant la prochaine ville. Mais cela ne m'inquiétait pas vraiment, car dans la direction dans laquelle le camion-citerne s'était engagé, il n'y avait qu'une seule route, celle menant à la ville de Ségou. J'avais décidé que je ferais le point là-bas. En attendant, je roulais sur le goudron poussiéreux, évitant les nids-de-poule aux arêtes tranchantes et les enfants chamailleurs. Je fumais un cigarillo et mes pensées se délitaient dans l'air brûlant et pollué comme la fumée grise que je soufflais. Je franchis enfin les faubourgs de Bamako, traversant la gare routière et le poste de police situés aux limites de la ville. J'appuyais sur l'accélérateur, faisant défiler plus vite la morne plaine sahélienne. En fin de matinée, je parvins à Ségou, où je fis une halte à L'Auberge, un hôtel-restaurant tenu par un vieux Libanais chrétien. La cuisine était excellente et l'établissement disposait d'Internet. Je me connectai dans ma chambre et consultai le positionnement GPS du camion-citerne. Il était lui aussi à Ségou, dans la rue principale, à quelques centaines de mètres à peine de l'endroit où je me trouvais. Le chauffeur devait déjeuner à L'Indépendance, un hôtel concurrent situé sur la route nationale. Je m'installai près de la piscine et commandai un shawarma à la viande que je fis descendre avec un petit rosé bien frais. Lorsque je regardai à nouveau mon ordinateur, le camion était en mouvement. Il avait pris au sud-est, en direction de San et de Mopti. Puisqu'il ne servait à rien que je reprenne la route trop tôt au risque de me retrouver – comme un imbécile – juste derrière mon objectif, je décidai de réserver une chambre dans l'annexe de L'Auberge et de faire le touriste pour le reste de la journée. Je passai l'après-midi à me balader sur la promenade pittoresque qui longeait le cours du fleuve Niger. Le soir venu, un coucher de soleil prodigieux embrasa l'horizon, teintant les eaux sombres et les maisons de terre de nuances ocre et pourpres. Je profitai du calme qui s'abattait sur Ségou pour regarder les marins décharger les cargaisons de leurs pinasses. Ils portaient jusqu'à la berge des sacs de riz et de charbon, des poteries, de la viande rouge et du poisson séché. Au couchant, le soleil plongeait dans les eaux calmes et rubescentes du fleuve.

Je pensais à Faten.

Au petit matin, les yeux encore collés de sommeil, je consultai l'application GPS. Le camion-citerne venait de se mettre en mouvement. Il quittait Mopti en direction de Douentza. Après une douche rapide, j'avalai un café accompagné de pain frais et de miel de baobab. Après avoir réglé mon ardoise et salué une dernière fois le taulier, je repris la route, avec au cœur un petit pincement comme à chaque fois que je quittais Ségou. Je roulai toute la journée, évitant les grappes d'ornières et les chèvres suicidaires, esquivant les bus surchargés roulant à tombeau ouvert. À midi, je dépassai Djenné, la ville de terre lovée entre deux bras du Bani, un affluent du fleuve Niger. Je fis une halte dans la petite ville de Sofara où j'achetai un pack de bouteilles d'eau minérale, une boîte de sardines et un pain blanc dans une échoppe au bord de la route. Je mangeai à même la boîte de fer-blanc, sur la petite place à l'ombre d'un vieil arbre au tronc noueux. Déshydraté, je bus toute une bouteille d'un coup. Rapidement, je devins l'objet de l'attention d'une troupe de gamins désœuvrés à qui je laissai le bidon[1]. Ils me remercièrent en bambara, persuadés que j'étais l'un des leurs.

Plus riche certes, mais l'un des leurs quand même.

En milieu d'après-midi, je franchis le carrefour de Sévaré. À l'ouest Mopti, au sud Bandiagara et le pays dogon. Je pris la direction du nord-est vers Douentza et appuyai sur l'accélérateur, car je comptais bien rejoindre Hombori avant la nuit. Je venais d'entrer dans la partie nord du Mali, déclarée zone rouge par l'ambassade de France qui interdisait à ses ressortissants de se rendre dans cette région instable minée par le djihadisme et les trafics en tous genres,

1. Bouteille en plastique vide, que récupèrent volontiers les enfants dans la brousse malienne.

cigarettes, armes, drogues et même êtres humains. Dans ce Far West des temps modernes, l'armée et les services de sécurité intérieure maliens faisaient le dos rond quand ils ne coopéraient pas avec ceux-là mêmes qu'ils étaient censés réprimer, bien incapables de rivaliser avec des bandes de trafiquants mieux équipés et plus motivés. Que pouvaient quelques pick-up mal entretenus et perclus de kilomètres contre des dizaines de 4 × 4 flambant neufs équipés de mitrailleuses lourdes ? Sans compter la paie indigente pour laquelle aucun être humain doué de raison ne prendrait le moindre risque. Alors on fermait les yeux et on acceptait volontiers la poignée de billets tendue dédaigneusement. Sur la route, je dépassai un convoi militaire français formé d'engins blindés à structures tubulaires comme on en voit dans *Mad Max*. Les soldats n'avaient pas la dégaine habituelle des troufions, ils arboraient un armement ultramoderne. Des unités des forces spéciales. Ils étaient basés à Sévaré depuis la recrudescence des enlèvements terroristes perpétrés par AQMI dans le nord du pays. Ces soldats d'élite étaient censés apporter une aide logistique et former l'armée malienne, mais personne n'était dupe. Ils risquaient d'être employés sous peu. En cas de coup dur, les forces maliennes seraient balayées par les djihadistes comme la feuille morte par l'harmattan.

La brousse sahélienne avait cédé la place à un paysage tourmenté, composé d'éboulis rocailleux dévalant des falaises vertigineuses de grès. Les véhicules se faisaient plus rares. Je croisais maintenant des caravanes de dromadaires indolents et des campements peuls[1] disséminés le long du goudron. Au bord de la route, des enfants faisaient de grands signes aux voitures pour vendre leurs maigres marchandises de charbon de bois, de sel ou de petits jouets qu'ils avaient confectionnés. Je fis une pause dans un café à Douentza, la ville carrefour entre Gao et Tombouctou. Je commandai un thé et négociai avec le patron, un Songhaï particulièrement âpre au gain, de pouvoir me connecter sur son réseau Internet. Finalement, cela me coûta un billet de mille. Par chance, il avait le seul spot wi-fi de la ville dans la salle carrelée de son café. Ce fut donc un jeu d'enfant de retrouver la trace de mon camion-citerne ; il roulait en direction de Gao. À la tombée du jour, je parvins à Hombori, un petit village situé dans le massif du Gourma. Au loin se dessinait la silhouette fantastique de la main de Fatima, un gigantesque éperon rocheux divisé en cinq pics. Je dormis dans le campement du village. Les chambres sommaires ne disposaient pas de la clim. Un simple ventilateur débitait l'air brûlant en tranches poussiéreuses, procurant une fugitive sensation de fraîcheur. Trempé de sueur, je passai une partie de la nuit en short sur le pas de ma porte, discutant avec des grimpeurs français qui bravaient l'interdiction de la zone rouge pour escalader une voie de la main de la Fatima, le lendemain matin à l'aube. Nous bûmes des bières et fumâmes de l'herbe que leur avait procurée leur guide.

1. Ethnie de pasteurs nomades qui vit en Afrique de l'Ouest.

39

En reprenant la route, j'avais la migraine et aucun médoc pour me soulager ; j'affrontai mon mal avec philosophie en me disant que je l'avais bien cherché. Bientôt les reliefs escarpés du Gourma cédèrent la place à un désert pierreux dans lequel erraient des troupeaux de chèvres faméliques et des dromadaires placides.

J'étais dans le Sahara.

En fin de matinée, je traversai le pont qui enjambait le fleuve Niger à Bilal Koyra. Gao était toute proche, seulement à quelques kilomètres au nord. Remontant le goudron qui suivait le cours du fleuve, je parvins aux faubourgs de la capitale du Nord. Plusieurs campements touareg avaient essaimé sur le bord de la route. La sécheresse faisait des ravages dans les troupeaux des peuples du désert qui, en désespoir de cause, trouvaient refuge dans les villes. À main gauche, les berges et les îles qui divisaient les eaux du fleuve verdoyaient de cultures maraîchères formant un contraste saisissant avec le désert environnant. Au centre-ville, dans les rues larges et envahies en partie par le sable, je fis à nouveau le plein du 4 × 4 dans une station-service. Puis je me mis à la recherche d'un hôtel décent dans le quartier du port de Gao. Je jetai mon dévolu sur L'Atlantide, un bâtiment rectangulaire flanqué de longues coursives dont je savais qu'il était bien tenu et équipé de chambres climatisées. Je garai le 4 × 4 derrière l'établissement, dans une arrière-cour. Rafael et ses complices connaissaient mon véhicule, je ne tenais pas à ce qu'ils me repèrent. À l'accueil, je payai une nuitée d'avance et suivis le réceptionniste qui m'emmena à ma chambre. La décoration était sommaire, sans recherche, de l'artisanat local pour touristes peu exigeants, sculptures en bois et bogolans[1] aux murs. Mais c'était propre et la climatisation fonctionnait. Je pris une douche rapide et, encore dégoulinant, m'installai sur le lit avec mon ordinateur. Je me connectai au réseau wi-fi de l'hôtel et constatai, à mon grand soulagement, que le camion-citerne était garé non loin de là, près de l'hôtel Askia. Je laissai le portable allumé et programmai une alerte sonore au cas où il se mettrait en mouvement. Le soir, je dînai au restaurant de l'hôtel d'un excellent filet de capitaine pêché la veille dans le fleuve, d'après le garçon, servi avec un riz blanc et parfumé. J'éclusai deux ou trois bières avec des techniciens français spécialisés en hydrologie puis je regagnai ma chambre. Je restai cloîtré toute la soirée de peur de croiser les narcos en ville. Je dormis par intermittence jusqu'à ce que l'alarme que j'avais programmée sur mon ordinateur

1. Tissus de coton teint aux motifs codifiés.

retentisse. Il était 6 heures passées de quelques minutes. Je me précipitai sur mes vêtements.

Je roulais dans les rues somnolentes de Gao. Le soleil se levait paresseusement et les femmes s'attelaient aux tâches ménagères, allumant le feu dans des petits réchauds en fonte pour préparer le petit déjeuner. Je traversai un marché aux bestiaux dans lequel des dizaines de dromadaires ruminaient paisiblement. Heureusement, je trouvai assez facilement la piste que le poids lourd avait empruntée, un quart d'heure plus tôt. Elle prenait la direction du nord-est. Dès que je fus sorti des faubourgs de Gao, roulant à fond, je bataillai avec le volant pour éviter les obstacles que la nature jetait sournoisement sous mes roues, souches noueuses, trous perfides et animaux inconscients. Dans la poussière se dessinaient les traces de pneus récentes d'un poids lourd. J'espérais qu'il s'agissait bien du mien. Cela me rasséréna et je levai un peu le pied afin d'éviter la casse mécanique. Une demi-heure plus tard, un nuage de poussière s'élevait devant le capot de mon véhicule. J'avais peut-être recollé au peloton. Nous roulions dans une steppe aride parsemée de buissons desséchés, d'arbres étiques et de cailloux sépia. C'était maintenant que les choses se compliquaient. Je n'avais plus l'aide du GPS. Tout d'abord, il fallait que j'en aie le cœur net, être sûr que je filochais le bon camion. Je sortis de la piste et accélérai pour contourner par le flanc le ou les véhicules qui me précédaient. Je gagnai du terrain et lorsque, enfin je les aperçus à un kilomètre devant moi, je freinai sèchement, m'arrêtant totalement. Fébrilement, je pris les jumelles dans mon sac à dos et collai mes yeux sur les oculaires. Maintenant que je n'étais plus dans l'axe de leur progression, le nuage de poussière ne me gênait plus. Le camion-citerne roulait bien sur la piste défoncée, précédé du Pajero. Je m'allumai un cigarillo en soupirant d'aise. Il ne me restait plus qu'à reprendre la piste et à suivre le nuage.

Je roulai ainsi pendant au moins six heures, empruntant de temps à autre les chemins moins défoncés des « fraudeurs », qui suivaient en parallèle la piste officielle. Soudain le nuage de poussière s'affaissa brusquement comme un soufflé raté. Hors piste, je roulai une bonne centaine de mètres dans le sable en priant pour ne pas m'enliser. Enfin, je m'arrêtai complètement, cachant le 4 × 4 derrière l'un des rares bosquets d'arbrisseaux qui s'acharnaient à pousser dans cet enfer minéral. Je m'emparai de mon sac à dos et sortis de la voiture. La chaleur accablante faillit bien me terrasser. Je dus inspirer plusieurs fois l'air brûlant par petites bouffées douloureuses pour accoutumer mes poumons. Je regardai autour de moi. Il n'y avait plus de végétation pour me dissimuler, j'avançais baissé comme un animal craintif. Devant moi, je distinguai une légère élévation de terrain vers laquelle je me dirigeai prudemment. Lorsque je parvins à la limite du monticule, j'étais trempé de sueur. Je m'allongeai sur le sable incandescent et rampai comme un fakir sur un lit de braises jusqu'au bord d'une petite ligne de crête. Je m'installai le plus confortablement que je pus derrière un gros rocher, tentant d'ignorer la morsure du sable. Légèrement en hauteur, je surplombais une scène insolite : une demi-douzaine de véhicules étaient arrêtés à proximité d'un vieil engin de terrassement rouillé, mais manifestement en état de fonctionner. Parmi ces véhicules, il y avait le camion-citerne, le Pajero et quatre pick-up couleur sable. Un groupe d'hommes étaient en pleine discussion. Je chaussai mes jumelles. Immédiatement, je reconnus Rodrigo et Rafael en grande conversation avec un officier de l'armée malienne. Déployés en cercle autour d'eux, des soldats en treillis, armés de kalachnikovs, montaient la garde. L'un d'entre eux faisait tourner une mitrailleuse de calibre 50 montée sur un affût dans la benne de l'un des pick-up. Un détail attira mon attention. Je fis bouger la molette pour obtenir l'image la plus nette possible. Sur le flanc du véhicule était peint l'emblème des unités de la garde nationale malienne. Pendant quelques secondes, j'abaissai les jumelles en jurant entre mes dents. Enfin je sortis le reflex. Je fis jouer la bague du téléobjectif puis, lorsque l'image fut nette, je pris en photo Rafael et ses complices, les gardes nationaux et leurs véhicules. Dans le viseur numérique, je constatai que, tout près des véhicules, une vaste surface plane de plusieurs centaines de mètres de long avait été aménagée, matérialisée par des bidons en ferraille rouillée et des grosses pierres. Une piste d'atterrissage. Je la pris en photo.

Toujours couché à mon poste d'observation, je vis arriver trois gros Land Cruiser V8, modèles luxe, immatriculés au Niger. Les véhicules aux vitres teintées s'arrêtèrent devant les Hispaniques et l'officier malien. Sept hommes débarquèrent, en Pataugas, pantalons en toile et sahariennes. Tous portaient des fusils d'assaut américains de type AR 15. Tous étaient arabes, l'air farouche et extrêmement professionnel derrière leurs lunettes noires. Ils se déployèrent en cercle autour des véhicules. L'un d'entre eux s'approcha d'un 4 × 4 et toqua contre la vitre arrière de la voiture. La portière s'ouvrit et un homme descendit. Pantalon léger couleur crème, chemisette en lin. L'homme devait avoir dans la soixantaine, maghrébin, replet comme un poussah, le cheveu déserteur et la moustache de jais. Je fis son portrait alors qu'il serrait chaleureusement la main de Rafael, et que l'officier malien le saluait avec respect. Rapidement, tous trois entrèrent en grande conversation. Je notai que l'ex-flic espagnol jetait fréquemment des coups d'œil à sa montre d'un air impatient. Rodrigo s'avança vers lui en lui tendant un téléphone satellitaire. Le narco échangea quelques mots dans le combiné et le rendit à Rodrigo.

C'est là que je l'entendis. Un bruit quasi imperceptible au début qui enfla progressivement. Un bruit de réacteurs. Je fis un rapide tour d'horizon, mais je ne vis rien, à demi aveuglé par les rayons enflammés du soleil. En bas, Rafael montrait au poussah et à l'officier de la garde nationale quelque chose à l'ouest. Fébrilement, je posai le reflex sur la toile du sac et braquai mes jumelles dans la direction qu'il désignait. Et je le vis, en approche par l'ouest, la carlingue brillant dans les volutes de chaleur.

40

C'était un triréacteur, un modèle ancien. Grâce à mes maigres connaissances en aéronautique, je supposai que l'avion était un Boeing 727. Je distinguai maintenant les trains d'atterrissage sortis, les ailerons et les volets déployés. Presque au ralenti, l'avion se présenta dans l'axe de la piste et se posa dans un immense nuage de poussière. Le nez s'abaissa et le train avant toucha à son tour la piste de fortune. Les moteurs mugirent lorsque le pilote inversa la poussée, et les aérofreins se déployèrent. Une fumée épaisse s'éleva dans l'air brûlant. La carcasse de l'avion vibrait comme un vieux malade de Parkinson. Je crus bien que la piste ne suffirait pas, mais le Boeing s'arrêta finalement à l'extrême limite, juste avant une série de petites dunes. L'un des hommes du poussah parla dans une radio portative et rapidement une douzaine de pick-up arrivèrent sur les lieux, des Arabes en chèche assis dans les bennes. Certains portaient des kalachnikovs en bandoulière. Ils allèrent se garer près des soutes du Boeing dont les réacteurs continuaient à tourner. Rafael et ses complices s'avancèrent vers l'avion dont la porte située près de la cabine de pilotage s'ouvrit. Un homme brun passa la tête par l'entrebâillement. Il fit basculer une simple échelle par l'ouverture et descendit pendant que Rodrigo maintenait les montants. Deux autres hommes empruntèrent le même chemin. L'équipage du 727 embrassa chaleureusement Rafael et Rodrigo, puis serra les mains du poussah et de l'officier malien. Les Arabes sautèrent à bas des pick-up et se précipitèrent pour ouvrir les portes des soutes. Alors commença le déchargement de la cargaison de l'avion. Des dizaines de ballots plastifiés passèrent de main en main, le long d'une chaîne humaine, pour finir dans la benne des 4 × 4, empilés soigneusement. Il y en avait des centaines… Plusieurs tonnes de marchandise, certainement de la cocaïne. C'était probablement la même qu'avait transportée Bahia Tebessi pour son plus grand malheur. Sidéré par ma découverte, je ne vis pas tout de suite l'agitation qui régnait soudain parmi les gardes nationaux maliens. Ils se hélaient bruyamment, montrant du doigt la direction dans laquelle je me trouvais.

Merde ! Putain, merde.

Comment avaient-ils fait pour me repérer ? Je réalisai l'énormité de mon erreur. L'objectif de mon reflex. Le soleil devait se refléter dessus. Et moi qui, comme un con, comme un putain de débutant, m'acharnais à trahir ma position en leur adressant des signaux lumineux. Trois gardes sautèrent dans la benne d'un pick-up de l'armée qui démarra brutalement en projetant des gerbes de sable. Il se dirigeait droit dans ma direction. Je me retournai pour jeter un œil à mon véhicule. Trop loin pour le rejoindre et prendre la fuite. Sans compter que la mitrailleuse du pick-up aurait tôt fait de transformer le Land Cruiser en une carcasse fumante. Je fouillai fébrilement dans le sac à dos posé à mes côtés. Je sortis le téléphone satellitaire et, les doigts tremblants, je composai un numéro sur le clavier. Le pick-up s'approchait, le chauffeur avait ralenti. Les passagers dans la benne fouillaient la zone du regard, l'air farouche et le doigt sur la queue de détente. Les sonneries succédaient les unes aux autres et je voyais le moment où j'allais échouer sur la boîte vocale.

Décroche, putain décroche, bordel !

— Oui ? fit la voix maussade de Kansaye à l'autre bout de la ligne.

— Monsieur le directeur, dis-je précipitamment, c'est Solo. Écoutez-moi attentivement. Dans quelques secondes, je vais être fait prisonnier par la garde nationale de Gao. Ils vont m'exécuter si vous n'intervenez pas très rapidement.

Je raccrochai brutalement. Je retirai la carte mémoire de mon reflex. Le pick-up n'était maintenant qu'à quelques dizaines de mètres de moi. Rapidement, je baissai mon pantalon, glissai ma main sous le slip, enfonçai la carte mémoire dans mon rectum et me rhabillai rapidement. Le serveur de la 12,7 m'avait finalement repéré, il tapa sur le toit de la cabine en criant en tamasheq. Le 4 × 4 bondit en avant, les roues ne s'arrêtant qu'à quelques dizaines de centimètres de mes pieds. Recouvert d'un nuage de poussière, je crachai la demi-livre de sable que j'avais avalée. À travers mes paupières plissées, je vis les gardes en treillis sauter du véhicule et braquer leurs kalachs sur ma poitrine. Je levai les mains en signe de reddition.

41

Les yeux de Rafael et de Rodrigo s'écarquillèrent lorsque les gardes me jetèrent à bas du pick-up, ficelé comme un rôti. Même si le sable amortit la violence de ma chute, je ne pus contenir un gémissement de douleur.

— Monsieur Camara, s'écria l'Espagnol, quelle joie de vous revoir !

— Joie non partagée, espèce de sac à merde.

Rodrigo s'avança en grondant, la main sur la crosse de son arme.

— Alors, gros lard, comment vont ton cou et ton oreille ? dis-je en ricanant. Ça ne s'est pas infecté, j'espère ?

Le Vénézuélien dégaina son Beretta.

— Attendez !

Le poussah s'était approché, accompagné de l'officier de la garde nationale, un colonel à en juger par les barrettes jaunes qui s'empilaient sur ses épaules.

— Qu'est-ce qui se passe ici ? Qui est cet homme ?

Rafael jeta un bref coup d'œil aux soldats maliens de plus en plus nerveux et aux gardes du corps arabes dont les armes s'étaient redressées. Il tenta l'apaisement.

— Rien… ce n'est rien, juste un importun. Un détective privé qui fourre son nez dans nos affaires depuis trop longtemps. On va y remédier tout de suite.

— N'en croyez rien, mon général, ricanai-je. Me tuer serait contre-productif.

Le poussah blêmit.

— Qu'est-ce qui vous fait penser que je suis général ?

J'affichai une morgue que j'étais loin de ressentir, mais il fallait que je gagne du temps, à tout prix.

— Bien qu'habillés en civil, vos hommes sont manifestement des soldats. En outre, le colonel ici présent vous a salué militairement et avec déférence. J'en déduis que vous êtes dans la même partie, à un grade supérieur. Général donc. Je pencherais pour l'armée nationale populaire[1]. L'immatriculation nigérienne de vos véhicules n'est qu'un leurre, évidemment.

— Évidemment, répéta le poussah qui me considérait d'un air songeur.

Ses petits yeux porcins me jaugeaient froidement.

— Vous êtes une sorte de Sherlock Holmes, reprit-il, n'est-ce pas ?

— Ce n'est qu'un ancien flic français, intervint Rafael.

— Ne nous jetons pas nos passés au visage, Rafael, t'étais bien flic espagnol avant de faire dans la poudre.

1. L'armée algérienne.

Pendant ce temps, les ballots passaient de main en main, pour finir dans la benne des pick-up. Il y en avait pour des millions, des dizaines de millions d'euros. Un chiffre à filer le tournis. Je décidai de m'adresser à l'officier de la garde nationale qui se tenait un peu à l'écart.

— Mon colonel, vous allez bientôt recevoir un appel de Bamako, un appel pour moi. Vous serez aimable de me passer la communication.

— Quoi ? Qu'est-ce que cela signifie..., s'étrangla le militaire.

Le poussah essuya la sueur qui perlait à son front.

— Expliquez-moi, monsieur Camara, pourquoi je ne devrais pas vous abattre comme un chien, ici et maintenant. Personne ne retrouverait votre cadavre et...

Le téléphone satellitaire du colonel se mit à carillonner à cet instant. Le poussah leva les yeux au ciel pendant que le colonel répondait en s'excusant. Il échangea quelques platitudes d'usage avec son interlocuteur puis blêmit soudain. Ses yeux roulaient dans leurs orbites. Il protesta énergiquement, prétendant qu'il ne comprenait pas de quoi on l'accusait. Il agitait la tête, l'air désespéré. Il finit par me tendre le téléphone, un Thuraya tout neuf, en murmurant :

— C'est pour vous.

Il fit signe à un garde de me libérer les mains. Je m'emparai enfin du téléphone, le cœur battant à tout rompre.

— Oui ?

— Solo, tu vas bien ?

C'était Hamidou Kansaye.

— Pour l'instant, mais je doute que cela dure.

— Je voulais juste m'assurer que tu étais en vie. Repasse-moi Doumbia, maintenant.

— Qui ?

— Doumbia, le commandant de la garde nationale.

Je rendis le Thuraya alors que le poussah s'agitait à mes côtés.

— Quelqu'un peut m'expliquer ce qui se passe ? demanda-t-il d'une voix agacée.

Doumbia était en grande conversation avec Kansaye, son teint était cireux. Je n'aurais pas voulu être à sa place, ni à la mienne d'ailleurs si j'en réchappais. Il finit par conclure et essuya d'un revers nerveux du poignet une myriade de gouttelettes qui perlaient à son front. Il fit signe à l'un de ses hommes.

— Lassana ! Libère-le.

Rodrigo s'interposa avant que Rafael n'ait le temps de l'en empêcher.

— Quoi ? Vous êtes fous ! Ce *cabrón* va tous nous dénoncer. Il faut le buter.

Les soldats de la garde nationale braquaient maintenant leurs fusils sur le Vénézuélien. Je voyais à leurs visages tendus, aux doigts nerveux sur la détente, qu'un souffle de vent aurait suffi à déclencher une fusillade. Rafael tira doucement son complice par le bras.

— Rodrigo, ferme ta gueule, s'il te plaît.

— Ce *cabrón* comme vous dites est le protégé du directeur de la police judiciaire, protesta Doumbia. Il m'a très clairement fait comprendre que s'il arrivait quoi que ce soit à son *petit*, il me demanderait des comptes. Je ne veux rien avoir à faire avec la police judiciaire.

Le poussah leva les yeux au ciel.

— Et alors ? Qu'est-ce qu'on en a à foutre du directeur de la police judiciaire ? Tuez cet emmerdeur et finissons-en.

— On voit bien que vous ne connaissez pas Hamidou Kansaye. Si on tue son protégé, ma carrière est foutue et mon business aussi.

Les gardes s'étaient placés entre moi et les trafiquants.

— Il n'y a qu'à l'acheter, comme les autres, rétorqua le poussah.

— On ne peut pas. Pas lui. Pas pour la mort de son *petit*.

— C'est son fils ?

— C'est comme si c'était son fils. Si je le tue, Kansaye ne nous lâchera jamais. Jamais ! Vous entendez ?

Rafael ne m'avait pas quitté des yeux. Je voyais bien qu'il réfléchissait intensément.

— Doumbia a raison, libérons-le, dit-il comme une capitulation.

— Quoi ? Toi aussi, Rafael ? s'insurgea Rodrigo.

— Ta gueule, Rodrigo !

L'Espagnol avait pris le poussah et Doumbia à part. Ils discutaient probablement de l'intérêt de m'abattre immédiatement. Ils m'adressaient des coups d'œil inquisiteurs. Les opérations de déchargement étaient presque terminées. Les types en chèches étaient occupés à recouvrir la précieuse cargaison de bâches en toile. Les moteurs des pick-up démarrèrent. Les narcos avaient terminé leur conciliabule et s'avançaient vers moi, l'air grave. Doumbia fit signe à l'un de ses hommes de trancher mes liens.

— On va te libérer, Camara, dit Rafael magnanime. De toute façon tu ne peux pas nous faire de tort.

— Tu en es bien certain ? répondis-je en me massant les poignets pour rétablir la circulation du sang.

— Voyons, tu sais bien qu'on a acheté ce pays comme d'autres avant dans la région. Que pourrais-tu faire ? Pleurer dans les jupes des Français, ceux-là mêmes qui te recherchent depuis des années ?

Je me relevai en m'époussetant et vins me planter devant lui.

— Tu sais que je ne te lâcherai pas avant d'avoir eu ta peau.

— Je le sais, dit-il en souriant.

42

Je regagnai ma voiture d'un pas incertain, comme ivre de m'en tirer à si bon compte. Les Arabes avaient formé un convoi et le poussah battait le rappel des troupes. L'ensemble des pick-up et les trois Land Cruisers V8 se mettaient en route vers le nord. Sous un soleil accablant, j'allai récupérer mon sac à dos au poste d'observation que j'avais improvisé, mais il ne restait pas grand-chose. Les gardes nationaux s'étaient emparés de mon reflex, du téléphone satellitaire et de la paire de jumelles. Je montai dans le 4 × 4 et démarrai. Sur la piste de Gao, je croisai encore un convoi de pick-up. Des Kountahs, d'après leurs tenues. Ils allaient probablement s'approvisionner dans les soutes du Boeing comme l'avaient fait les militaires algériens avant eux. Ce n'était pas étonnant, les Kountahs étaient impliqués dans la plupart des grands trafics de la région, en particulier celui des stupéfiants ; cette ethnie arabe apportait son soutien au président ATT dans sa lutte armée contre les mouvements autonomistes touareg berbères. En échange Bamako fermait les yeux. Lorsque je fus seul sur la piste, je m'arrêtai quelques instants, le temps de récupérer la carte mémoire que je nettoyai sommairement à l'eau claire de ma bouteille. En fin d'après-midi, j'arrivai à Gao complètement épuisé par dix heures de piste. Comme les gardes maliens n'avaient pas fouillé mon 4 × 4, j'étais toujours en possession de mon téléphone cellulaire. J'appelai Kansaye. Pour une fois, il décrocha dès la première sonnerie.

— Solo ? Tout va bien ?

— Ça va, monsieur le directeur, grâce à votre intervention.

Il explosa soudain et je dus écarter le téléphone de mon oreille.

— Mais bougre d'imbécile ! Dans quoi es-tu encore allé te fourrer ?

J'éprouvai alors la plus vive difficulté à le calmer et, quand enfin j'y parvins, je lui fis un résumé de ces dernières heures. Il m'écouta attentivement en ponctuant mon récit de petits claquements de langue.

— Dès que tu es à Bamako, passe me voir, finit-il par dire d'un ton las. Il ne faut plus parler de tout cela au téléphone.

Il raccrocha avant que j'aie le temps de le remercier à nouveau. Je me garai devant L'Atlantide. Fort heureusement, il restait des chambres malgré l'arrivée d'une ONG italienne spécialisée dans le forage de puits. Les volontaires transalpins avaient pris d'assaut l'hôtel, trompetant dans les couloirs, s'interpellant d'une chambre à l'autre. Cette insouciance me faisait me demander si ces toubabs bruyants savaient à quel point ils étaient des proies convoitées dans cette région où un otage occidental se monnayait des centaines de milliers d'euros auprès d'AQMI. Las, je courus m'enfermer dans ma piaule et pris une douche rapide. Encore humide, j'allai me coucher sans dîner et sombrai instantanément dans un sommeil huileux hanté par des tronçonneuses et des machettes étincelantes.

Le lendemain, je repris la route de bonne heure après un petit déjeuner rapide. J'avais récupéré et je me sentais presque bien. Je n'avais plus de camion à filocher, je pouvais donc profiter pleinement des paysages grandioses que m'offrait le désert. Mais un sentiment de gêne lancinant, une écharde dans ma sérénité, m'empêchait de jouir du voyage. Sans cesse, je revoyais le visage de Rafael, sa haine tranquille et persévérante lorsqu'il me libérait. L'Espagnol avait quelque chose en tête et, dans les jours à venir, j'allais devoir faire montre de la plus grande prudence. Je roulai toute la journée pour arriver dans la soirée à Mopti, où je décidai de rester la nuit. Je passai la fin d'après-midi à flâner sur le marché situé sur les quais du fleuve Niger. Je dormis à l'auberge La Maison Rouge et repris ma route le lendemain à la première heure. Je roulai toute la journée et ne parvins, exténué, dans la périphérie de Bamako que le soir. Mon téléphone capta de nouveau le réseau et je m'aperçus que j'avais deux messages en absence, de Pierre Diawara et de Milo. Le Serbe venait aux nouvelles, Pierre avait des nouvelles. Je rappelai Pierre en premier.

— Où es-tu, Solo ? dit-il.

— J'arrive à Bamako.

— Qu'est-ce que tu fichais ?

— Peu importe. Tu as des news pour moi ?

— Mon petit, tu sais, Yacouba, le chauffeur de taxi…

— Oui, je me souviens de lui.

— Il a trouvé quelque chose pour toi.

— J'arrive tout de suite. Dis-lui d'être là.

Une heure plus tard, j'arrêtai le Land Cruiser devant la brigade d'investigations judiciaires. Pierre prenait le frais sur la terrasse en fumant une cigarette. Nous nous embrassâmes à l'africaine, front contre front. Après les salamalecs d'usage, il fit signe à Yacouba qui patientait sur un banc de fortune, les yeux sur l'écran de son téléphone portable.

— Tu as quelque chose pour moi, Yacouba ?

— Oui, *Warakalan*, dit le jeune homme en rangeant son cellulaire dans sa poche. J'ai trouvé le chauffeur de taxi, celui qui a chargé la Française le soir où…

— Excellent travail.

— Il s'appelle Adama Samaké. Il habite Lafiabougou, dit-il avec empressement.

— Tu mérites le dédommagement que je t'avais promis.

Je sortis de mon portefeuille trois billets de dix mille francs et les lui donnai. Il se répandit en remerciements. Le gamin me tendit un bout de papier sur lequel il avait inscrit l'adresse exacte et le numéro de téléphone.

— Je lui ai dit que tu voulais lui parler. Tu peux le joindre quand tu veux.

Je le remerciai à nouveau et lui promis de faire appel à ses services à l'occasion. Yacouba parti, je bus une bière avec Pierre avant de rentrer chez moi.

43

— Tu as un don.

Derrière son bureau, le directeur de la police judiciaire me regardait d'un air las.

— Merci, monsieur le directeur…

— Un don pour attirer les problèmes ! Un véritable paratonnerre à emmerdes.

— Vous savez à quel point je suis peu sensible à la flatterie, mais là vous me gênez, monsieur le directeur.

Il tapa sur le bureau, faisant s'envoler les feuilles qui s'y trouvaient et renversant un pot qui contenait des crayons et des stylos.

— Assez de sarcasme !

Je me tins coi pendant que Kansaye me dévisageait avec fureur.

— Et assez de monsieur le directeur, ajouta-t-il moins fort. Sais-tu seulement les ennuis que je récolte à cause de toi ?

— J'en ai bien une petite idée.

— Une petite idée, hein ?

Il se leva et fit les cent pas dans son bureau.

— Pas plus tard que ce matin, le directeur de cabinet du Premier ministre m'a convoqué dans son bureau. J'ai dû me rendre à la primature où il m'a bombardé de questions sur toi.

— Que vient-il faire là-dedans ?

Kansaye se planta devant moi.

— À ton avis ? Ta petite excursion dans le Nord a ému beaucoup de monde à Bamako. Des gens puissants. On me demande des comptes.

— On en est donc là dans ce pays.

— Ne sois pas naïf, dit-il en s'effondrant dans son fauteuil en cuir. Le Blanc en toi est encore trop fort. Tu n'arrives toujours pas à concevoir qu'un État puisse être à vendre. Ils ont déjà acheté Bissau et Conakry. Bamako et Dakar ne résisteront pas longtemps. Ici, tout est à vendre et ils ont tellement d'argent.

— J'ai des photos… Une livraison de plusieurs tonnes de cocaïne par avion-cargo.

— Qui s'en soucie ?

— Vous, peut-être ?

Il fit mine d'ignorer l'insinuation.

— Tu te berces d'illusions, *Warakalan*. Je suis sur un siège éjectable. À la moindre menace, ils me feront sauter et tu perdras ton dernier soutien dans ce foutu pays.

Nous conservâmes le silence quelques instants.

— Tu veux du thé ? me demanda-t-il soudain.

J'opinai. Le directeur de la PJ appela sur son interphone.

— Le ministre de l'Intérieur a demandé que l'on se penche sur le problème de ta nationalité, dit-il pendant que nous attendions.

— Le problème de ma nationalité ? Je ne comprends pas.

En fait, je comprenais trop bien.

— Eh oui ! S'il s'avérait que ta nationalité malienne était douteuse, il pourrait…

— M'extrader vers la France…

— Où tu finirais tes jours derrière les barreaux, conclut Kansaye. Ça soulagerait tout le monde ici.

— Ils sont si puissants que ça ? demandai-je d'une voix blanche.

— Plus que cela, même.

Nous bûmes le thé en silence, chacun plongé dans ses affres.

Je ressortis du bureau de Kansaye passablement démoralisé. Je me demandais si j'allais devoir reprendre ma cavale. Cette perspective ne m'enchantait pas du tout ; je m'étais reconstruit un semblant de vie ici, mais s'il fallait tout plaquer dans la minute, je le ferais sans regret. C'était mieux que de pourrir dans une prison française, à partager une cage minuscule avec deux types puant des pieds et de la gueule. Il me suffisait de m'imaginer guettant désespérément un coin de ciel gris cotonneux haché par des barreaux rouillés pour avoir envie de faire mon bagage, de prendre la poudre d'escampette pour un pays ne pratiquant pas l'extradition vers la France. Lorsque j'étais flic, je faisais déjà une allergie à la prison. Avec les stups, nous devions parfois procéder à l'audition d'un type détenu dans le cadre d'une autre affaire que celle qui nous intéressait. Chaque fois j'essayais de me défiler, mais je n'y parvenais pas toujours. Dès que j'avais franchi l'enceinte grise, une angoisse irrépressible m'étreignait. Je n'aspirais plus qu'à ressortir et, quand enfin j'étais dehors, je prenais une profonde inspiration comme si l'oppression de cet univers de morosité m'empêchait de respirer. Non, décidément non, je n'irais pas à la rate[1]. Plutôt crever.

1. Nom que donnent les taulards à la prison.

44

Dans la rue, je sortis de ma poche le petit bout de papier froissé sur lequel figurait le numéro que m'avait donné Yacouba. Je me présentai comme un homme d'affaires qui avait besoin d'un chauffeur pour le reste de la journée. La voix de mon interlocuteur était hésitante, le type faisait certainement ses calculs. Je proposai la somme de 20 000 francs CFA pour cinq heures de travail, de quoi l'appâter. Le type demanda l'adresse à laquelle je me trouvais. Je la lui donnai. Je ne patientais que depuis une douzaine de minutes lorsqu'une antique Renault 12 jaune canari se gara devant moi. Le chauffeur, un grand rasta à la peau grêlée et aux dreads cartonneuses, me demanda si j'étais bien celui qui avait appelé. Je montai dans la Renault. Le chauffeur démarra et glissa son antiquaille dans la circulation.

— Où on va, patron ? demanda-t-il d'une voix râpeuse.

— Vous êtes bien Adama Samaké ?

Le type braqua son rétroviseur sur moi et me regarda d'un air soupçonneux.

— Vous êtes qui ?

— Solo Camara, je viens de la part de Yacouba.

Samaké se détendit.

— Oui, ça me revient. Yacou m'a dit que vous vouliez me poser des questions sur la petite Française…

— Bahia Tebessi.

Le visage de Samaké s'illumina.

— C'est ça, Bahia !

Il réfléchit quelques secondes. Un voile de tristesse avait assombri son visage.

— C'est pas bien ce qui lui est arrivé… vraiment pas bien.

— Raconte-moi ce qui s'est passé, ce soir-là.

Samaké roulait au hasard des rues, plongé dans ses pensées.

— C'est un ami qui m'a demandé de passer la prendre à la brigade des stups.

— Stéphane Humbert.

Il m'adressa un coup d'œil à travers le rétroviseur.

— Vous savez cela ?

— Où l'as-tu emmenée ?

— À Lafiabougou, dans une grande maison près des collines.

Lafiabougou est un quartier populaire situé dans le nord de Bamako au pied des collines mandingues.

— Ça avait l'air important, je lui ai dit qu'elle devait éviter ce quartier à la nuit tombée, mais elle a insisté, poursuivit Samaké. Alors je l'ai déposée là-bas. Pendant tout le trajet, elle n'arrêtait pas de pleurer. Vraiment, ça m'a fait quelque chose quand j'ai lu dans les journaux qu'elle…

— Emmène-moi là-bas, s'il te plaît.

Samaké accéléra. Perdu dans mes pensées, je contemplai derrière le carreau sale les rues de la grande ville, pleines de cette abjecte et merveilleuse vitalité. Je ressentis comme une exaltation, moi, le demi-mort et le demi-vif. Le taxi m'emmenait et un étrange vertige me prenait, comme si j'arrivais au sommet du grand huit, juste avant de plonger de l'autre côté. Mes doigts nerveux trituraient mon chèche.

Nous étions maintenant dans le quartier de Lafiabougou. Une large avenue de terre battue. Le soleil avait entamé son déclin, baignant les échoppes de fortune des camelots et les boutiques bâties en dur d'une lumière chaude et douce. Samaké roula jusqu'à une grande villa en forme de cube située un peu à l'écart de la rue principale de Lafiabougou. La bâtisse était cernée d'un haut mur de moellons apparents.

— C'est ici, dit-il en se garant devant le portail délabré.

Je sortis du taxi en contemplant le bâtiment dont la silhouette gracile de casemate ne m'inspirait rien de bon. Je me penchai à la portière de Samaké.

— Attends-moi là.

Le chauffeur de taxi acquiesça et enfonça une cassette de reggae dans l'autoradio poussiéreux de la Renault 12. Je m'avançai vers le portail sur les accords de « No woman, no cry » de Bob Marley.

Good friends we have had, oh good friends we've lost along the way
In this bright future you can't forget your past.

La baraque semblait abandonnée, mais elle ne l'était pas. À la recherche de je ne savais trop quels éléments pouvant conforter ma théorie naissante sur l'assassinat de Bahia, j'errai dans le couloir et les pièces désertes. Je débouchai enfin dans un vaste salon. Ils étaient là, m'attendant sagement. Deux types à la peau noire, maigres comme des chats sauvages, le tee-shirt crasseux et le jean troué, tenant de longues lames effilées. Ils se levèrent pour m'accueillir, l'air mauvais comme une mauvaise gale. Sur le sol, à leurs pieds dépassant de tongs rafistolées, une immense tache sombre faisait comme un tapis brunâtre et rapiécé que les types foulaient négligemment.

— C'est là que vous l'avez tuée ? demandai-je.

Ils ne répondirent pas. Ils me souriaient maintenant de toutes leurs dents, leurs couteaux dardés vers ma poitrine. Le plus grand avança, sa lame cinglant l'air à quelques centimètres de ma gorge. J'esquivai au dernier instant et dégainai mon Glock planqué au creux de mes reins. Comme un cow-boy d'opérette, je tirai de la hanche ainsi qu'on me l'avait appris au stage de tireur opérationnel. Deux coquelicots sanglants fleurirent sur le tee-shirt du type, qui s'effondra aussitôt. J'allais régler son compte au second quand un choc violent à la nuque m'envoya valdinguer par terre. Mon flingue glissa sur le sol, hors de portée. Je mis un moment à reprendre mes esprits, la gueule dans la fine poussière ocre, et une voix rauque s'écria :

— Bande de crétins ! Je vous avais dit de faire attention à ce métis.

Un gourdin à la main, Samaké, mon chauffeur de taxi, enguirlandait le sicaire qui était encore debout. L'autre gisait toujours sur le carrelage à côté de moi, dodelinant faiblement, de l'écume rosée aux lèvres. C'était bon signe, il ne se relèverait pas dans ce monde.

— Je commence à en avoir plein les couilles, dis-je en tentant de me relever.

Samaké avait ramassé la lame de son pote qui partageait le lit de poussière avec moi.

— Ah bon ? Et de quoi ? demanda-t-il en rigolant.

— De prendre des gnons. Depuis le début de cette histoire, tout le monde essaie de me buter ou s'essuie les pompes sur ma gueule. Ça lasse, répondis-je en frottant ma nuque endolorie.

Samaké me contemplait d'un air joyeux.

— On m'a dit que tu étais difficile à tuer, que t'étais un vrai dur à cuire, tout ça…

Je me tenais devant lui chancelant. Il me planta son arme dans la cuisse, profondément. Je hurlai comme un damné lorsque la lame grinça en ripant sur l'os. Des larmes plein les yeux, je m'effondrai en me tenant la jambe. Déjà le sang pissait dru, inondant mon pantalon.

— Je t'avoue que c'est plus facile que je croyais, poursuivit Samaké avec satisfaction. Maintenant, je vais te saigner comme un porc.

Il se pencha sur moi et m'attrapa par une oreille, prêt à m'ouvrir la gorge. J'allais finir dans le fleuve, comme Bahia.

45

La lame entamait ma gorge. Sous l'effet de l'adrénaline et de la colère combinées, je passai à l'action. Je meuglai comme un taureau récalcitrant à l'idée du croc de boucher. De mon poing, je le frappai à l'entrejambe. Faut dire qu'il était dans la position idéale pour cela, accroupi au-dessus de moi, son visage vérolé noyé dans ses dreadlocks. Les yeux de Samaké roulèrent dans leurs orbites comme les rouleaux d'une machine à sous. J'aurais sans doute trouvé cela du plus grand comique si je n'avais été en train de me vider de mon sang. Les mains crispées sur son entrejambe, le chauffeur de taxi tomba sur le dos en poussant des cris stridents. Son complice se précipita vers moi pendant que je rampais jusqu'à mon arme, glissant dans mon propre sang. Je m'emparai du Glock et me retournai sur le dos. Le sicaire était sur moi le couteau levé, je fis feu à plusieurs reprises, le criblant de balles. Il me tomba dessus, le poignard en avant et les yeux écarquillés, déjà morts. Une douleur monstrueuse me déchira les viscères.

Je serrai les dents, luttant pour ne pas perdre connaissance. Je pleurais de rage et de douleur en repoussant le corps pesant du type. Jamais je n'aurais imaginé qu'un tel échalas puisse être aussi lourd. Enfin, parvenant à le faire glisser sur le côté, je me relevai en chancelant. Le couteau tinta sur le carrelage, poisseux de mon sang. La pièce tournait sur elle-même ou peut-être était-ce moi qui jouais aux derviches tourneurs, je ne savais plus trop. À petits pas hésitants, je sortis dans la lumière mourante de cette fin d'après-midi. Je marchai dans la rue en latérite sous les regards éberlués des passants. Mon ventre me faisait tellement mal que je grinçais des dents. N'en pouvant plus, je m'arrêtai et écartai les pans de ma chemise imprégnée de sang, découvrant mes tripes qui s'échappaient en partie de ma plaie au ventre. Dans un état second, je maintins mes viscères d'une main et repris ma marche. Derrière moi, le bruit d'une cavalcade et un cri de rage me parvinrent comme assourdis. Je me retournai. Samaké, courbé en avant et le poignard à la main, arrivait sur moi les yeux pleins de rage. Déjà des passants s'approchaient. En gémissant, je me penchai pour ramasser une grosse pierre et cela me déchira un peu plus le ventre. Samaké ralentit en me voyant brandir mon pathétique projectile.

— Qu'est-ce que tu vas faire de ce caillou, Camara ? ricana-t-il.

— Te le foutre dans la gueule, coassai-je.

Méfiant, il s'avançait doucement, le couteau pointé vers mon ventre. Je tenais encore debout grâce à je ne sais quel miracle de ma volonté.

— On m'a demandé de t'en faire baver avant de te crever, reprit le tueur.

— Pourquoi l'avoir tuée, Samaké ? demandai-je en vacillant.

— Quelle importance ? Pour l'argent en fait, mais ce n'est pas moi qui l'ai tuée, cette petite pute. Si tu veux savoir le fin mot, pose-lui la question toi-même. Tu vas la rejoindre.

Je sentais mon sang couler le long de ma jambe, se répandre autour de moi, remplissant ma chaussure. Une douleur aiguë, insupportable, irradiait de mes tripes déchirées. Je résolus de réagir tant que je tenais debout. J'appelai autour de moi.

— Cet homme a tué une jeune femme et maintenant il va me tuer moi ! hurlai-je avec ce qu'il me restait de force.

Les gens se rapprochaient, de plus en plus nombreux.

Deux choses m'avaient surpris à mon arrivée à Bamako. La première était la vitesse à laquelle un attroupement pouvait se former. En quelques secondes, une petite foule s'était réunie autour de nous. Des gosses, des vieillards, des ouvriers, des femmes…

— Regardez, il a encore son poignard à la main. C'est un assassin !

Samaké essaya de cacher sa lame dans son dos en protestant avec véhémence.

— L'écoutez pas, c'est pas vrai…

Mais je poursuivis sur ma lancée.

— Il m'a ouvert le ventre !

La main tremblante, j'exhibai ma blessure à

l'abdomen. Un frisson et quelques exclamations parcoururent la foule. Comme une entité douée de raison, elle gronda et s'avança vers Samaké, menaçante.

La seconde chose qui m'avait surpris au début de mon séjour prolongé au Mali était le fait que le petit peuple de Bamako aimait rendre sa justice sans s'encombrer des procédures. Une justice populaire et impitoyable. La peur dans les yeux, Samaké brandissait son couteau, criant à la foule de s'écarter. Il tenta de rejoindre son taxi, mais un violent coup de bâton s'abattit sur son crâne, l'envoyant au tapis. « Bien fait pour ta gueule », murmurai-je. Alors ce fut la curée. La foule se rua sur lui, le rouant de coups. En un tour de main, il fut désarmé. Samaké se roula en position fœtale pendant que, de mon côté, je glissais au sol, les mains crispées sur mon ventre béant. Je me sentais faible comme un nouveau-né. Je perdais trop de sang, beaucoup trop. À ce rythme, j'allais me vider en quelques minutes. En pleurant, je défis le chèche de mon cou et, d'une main, j'en fis un garrot autour de ma cuisse. Une voix féminine hurla :

— Y a qu'à appliquer l'article 320 !

Des cris de joie lui répondirent. L'article 320 du code de la rue était né au cours de la révolte de 1991 contre le régime dictatorial de Moussa Traoré. La rue se faisait justice en immolant ses ennemis par le feu. À l'époque, le litre d'essence coûtait 300 francs et la boîte d'allumettes, 20 francs. D'où l'expression d'article 320 qui signifiait que le peuple allait se faire justice de la manière la plus expéditive qui soit. Depuis quelques années cette coutume avait connu une résurgence, elle contrecarrait une justice corrompue et l'impunité des criminels qui avaient les moyens. On appliquait désormais l'article 320 aux violeurs, aux meurtriers de tout crin, aux voleurs les plus violents. Un homme s'avança avec un petit jerrycan à la main. La foule s'écarta en retenant son souffle. Depuis l'état comateux dans lequel je sombrais, je vis le visage suppliant de Samaké, hagard et tuméfié. Mais rien n'y fit, le type au jerrycan déversa le contenu sur le tueur. La foule recula lorsqu'il gratta une allumette. Juste avant de perdre connaissance, je vis le corps de Samaké s'enflammer. Ses hurlements et ceux de la foule me parvinrent assourdis alors que des enfants trépignaient et dansaient allégrement devant le brasier humain.

46

L'odeur du cramé.

L'odeur de la mort.

L'odeur de la merde.

L'odeur du détergent.

Le souffle brûlant du vent, les rideaux gris qui s'agitent mollement devant la fenêtre.

La lumière, blanche, éblouissante, impitoyable.

Je cligne des yeux. Je voudrais appeler, mais ma bouche est desséchée comme une terre aride. Je perds connaissance avec soulagement.

J'émerge dans un monde ouaté et trouble. Je ne ressens rien si ce n'est une vague nausée et une immense lassitude. Et lorsque j'ouvre les yeux, je la vois, penchée sur moi, entourée d'un halo blanc, un air grave sur son joli visage.

Faten.

Elle me fait boire dans un verre épais. J'ai l'impression de renaître. Je veux tendre la main, effleurer sa joue. Mais je m'enfonce dans les limbes et les regrets.

Je la revois plusieurs fois ou peut-être est-ce une autre.

Je les vois eux aussi. Marion et Alexandre. Alexandre joue dans la chambre avec sa maquette de Boeing 747, celle que je lui ai ramenée de New York. J'étais en mission de coopération avec le FBI. J'avais acheté l'avion à JFK parce que je n'avais pas eu le temps de faire les boutiques. Assise à côté du lit, Marion me considère d'un air grave. Comme toujours elle se fait du souci.

Je sombre encore… dans un marigot d'eau saumâtre.

Doucement, la douleur se réveille.

J'ai chaud, je transpire et mon ventre me brûle. J'ai mal.

Si mal.

Parfois, la nuit, je geins comme un gosse, je chiale aussi et le son assourdi de ma voix me parvient de très loin.

Je crois voir défiler dans ma chambre Milo et Rony. Pierre aussi, mais je n'en suis pas sûr.

Au cours d'un de ces rares moments de conscience ou d'inconscience éveillée, je remarque la présence discrète d'un vieux monsieur qui me sourit gentiment, assis à côté du lit. Il porte un panama blanc, une moustache ivoire, ses yeux sombres sont insondables. Il tient à la main un joli bouquet de fleurs fraîches. J'ai beau fouiller dans ma mémoire brumeuse, je ne parviens pas à me rappeler de qui il s'agit.

Il me rend visite plusieurs fois. Enfin, je crois.

— Comment va-t-on aujourd'hui, monsieur Camara ?

Je détestais ce médecin à la con qui, tous les matins, me posait la même question avec sa tête de cul et son sourire de vendeur de bagnoles.

— Ça va, doc, ça va, dis-je d'une voix lasse.

Il consulta mes relevés de température d'un œil distrait. Par la fenêtre ouverte le brouhaha urbain me parvenait en sourdine.

— Bien, on dirait que l'on a moins de fièvre. Les antibiotiques font effet.

Ce besoin de parler de moi comme si je n'étais pas là.

— Quand pourra-t-on sortir, doc ? demandai-je dans un bâillement.

Il agita son doigt sous mon nez comme s'il sermonnait un enfant distrait.

— Il ne faut pas être impatient, dit-il en clignant de l'œil.

Je laissai passer quelques secondes puis demandai d'une voix éraillée :

— Docteur, lorsque je suis arrivé ici, j'avais un chèche bleu qui m'avait servi à garrotter ma jambe. Vous ne sauriez pas ce qu'il est devenu ?

— Voyez ça avec les infirmières, répondit-il distraitement.

Je soupirai. Par la porte entrouverte, j'aperçus

deux policiers en civil qui montaient la garde devant ma chambre. Des flics de la Crime. Le plus jeune m'adressa un petit geste amical. Je voulus y répondre, mais cela me fit trop mal.

Il paraît que j'ai de la chance.

La lame de Samaké a entamé la fémorale et, lorsque je suis arrivé à l'hôpital Gabriel Touré, j'étais quasiment exsangue. À peine deux litres de raisiné dans les veines… Sans le garrot, j'y passais. La blessure au ventre, bien que spectaculaire, était moins grave. Sauf imprévu, je devrais m'en remettre, même si je vais devoir suivre un régime pendant quelque temps, un de ceux qui vous font vous demander si vous n'auriez pas mieux fait d'y rester.

Il paraît que j'ai de la chance… En fait on peut raisonnablement dire que, oui, j'ai de la chance. J'ai survécu à l'hémorragie et il y avait du sang de mon groupe en stock pour me transfuser. J'ai survécu à l'hôpital aussi, et ça, ce n'est pas un mince exploit. Il n'y a pas eu de complications au cours des opérations de rafistolage ni de septicémie. Et j'ai récupéré mon vieux chèche, celui que j'avais offert à Marion. Maintenant, il est tout cartonneux, imbibé de nos sangs mêlés. J'aurais dû y rester, sans ce foutu bout de tissu. Oui, j'ai de la chance, mais je ne comprends pas. C'était pourtant la bonne et je me sens comme un con d'avoir loupé le coche, de m'être battu pour ne pas embrasser cette salope de faucheuse. Le roi de l'esquive, oui ! Je suis fatigué de jouer à cache-cache. Doc prétend que je devrais remercier Dieu pour ce miracle, ma résurrection. Il dit aussi que je possède en moi une extraordinaire vitalité, un désir de vivre qui m'a permis de traverser ces épreuves.

Le connard.

Maintenant, je veux sortir, mais faut attendre que je reprenne des forces et que mes tripes – ou ce qu'il en reste – cicatrisent.

Putain, qu'il fait chaud.

47

Je marchais comme un vieillard en m'aidant d'une canne. Je pensais que cela me donnerait une allure distinguée, mais j'avais juste l'air d'un infirme. Un mois d'hôpital, une éternité. J'avais exigé de sortir avant le terme, n'en pouvant plus de cette captivité. Dans un premier temps, les médecins avaient catégoriquement refusé, mais j'avais fait ce qu'il fallait. Ce que l'on fait toujours dans ces cas-là : j'avais graissé des pattes, les bonnes, celles qui signent les autorisations de sortie. Moi aussi j'avais signé, mais une décharge. Je n'étais pas encore remis d'après le médecin, seulement au début de ma convalescence. Milo et Rony étaient venus me chercher avec le 4 × 4. Cela avait été toute une affaire de me monter dans le Land Cruiser. Milo avait sorti ses blagues à deux balles pour se foutre de ma pomme pendant que je poussais des petits cris contenus de douleur et on avait tant rigolé que deux points de suture avaient pété. À mon retour à la maison, Modibo m'attendait et, lorsqu'il m'avait vu ainsi, pouvant à peine marcher et amaigri, il avait pleuré à chaudes larmes, incrédule. On avait fait appel à un médecin pour qu'il me recouse. Pour faire bonne mesure, le docteur m'avait copieusement enguirlandé pendant qu'il refaisait les points en tirant la langue. Je faisais des grimaces dans son dos malgré les regards désapprobateurs de Modibo. *Patron, on ne se moque pas d'un médecin !* Puis quand nous nous sommes retrouvés seuls, le gosse avait pris soin de moi comme seul un fils le ferait pour son père. Et cela ne m'avait presque pas gêné.

Maintenant, j'errais doucement sur trois pattes entre les étals de l'abattoir. Un vieux portemanteau improbable trônait au milieu de la pièce, il n'y était pas la dernière fois que j'étais venu. Je fis une pause devant l'établi sur lequel le pauvre Alejandro Nuñez avait connu un sort tragique. Un sort que j'avais bien failli partager. D'une certaine manière, j'étais né une seconde fois sur cette abomination de bois brut, cette table d'accouchement sillonnée des larges cicatrices infligées par la chaîne de la tronçonneuse. Elle était toujours là d'ailleurs, posée sur l'établi. Les enquêteurs maliens n'avaient même pas jugé bon de l'emporter. Mes doigts effleurèrent la carcasse métallique de la tronçonneuse sur laquelle poignaient des traces étoilées de rouille. Sa lame semblait avoir été récemment graissée. Je soupirai et levai les yeux vers la charpente métallique percée de toute part par la rouille, encore elle. Le soleil s'engouffrait par ces trouées, dessinant des doigts de lumière dans lesquels s'agitait une nuée poussiéreuse et scintillante.

— C'est un pèlerinage ?

La voix sèche et moqueuse, teintée d'un léger accent hispanique, avait retenti derrière moi. Ce type adorait débouler à l'improviste, par-derrière. Je me retournai péniblement, à petits pas. Rafael et Rodrigo se tenaient dans l'entrée de l'abattoir, bloquant l'issue. De toute façon, je n'étais pas en état de prendre la fuite.

— En quelque sorte. Vous avez mis le temps, dis-je en allumant un cigarillo, la canne accrochée à mon avant-bras.

Je les regardai marcher vers moi, la crosse de leurs flingues dépassant de leurs pantalons. J'aspirai la fumée, mais elle avait un goût de cendre. Les médocs sans doute. Je jetai le cigarillo et cela fit une petite gerbe d'étincelles sur le sol crasseux.

— On t'espérait, Camara. Et tu as mis le temps pour sortir de l'hosto.

— C'est mon côté starlette, j'aime me faire désirer.

L'Espagnol sourit presque.

— Alors comme ça, tu as eu la peau de Samaké.

— Ce n'est pas moi. C'est cette ville qui l'a eue.

Rafael me regarda d'un air vague. Il avait presque l'air peiné.

— Là-bas, dans le Nord, tu m'as laissé partir parce que tu avais prévu de me livrer à Samaké, repris-je après un bref silence.

Rafael eut un petit rire.

— Il a suffi d'agiter le chiffon rouge.

— C'est mon gros défaut, je m'emballe.

Nous nous faisions face et je n'avais pas peur. J'avais juste envie d'en finir. Lui aussi manifestement.

— Maintenant que la conclusion approche, dit-il, je n'arrive pas à m'expliquer comment cette vendetta a pu prendre de telles proportions. Quel gâchis ! On aurait pu s'entendre tous les deux, s'associer même. Après tout on est faits du même bois.

— Non, on n'aurait pas pu s'entendre. Il y avait Drissa, répondis-je.

— Comment ça, Drissa ?

— Mon gardien, celui à qui tes sbires ont tranché le poignet.

— Le vieux nègre ? Tout ça pour un vieux nègre ?

— Il était mon meilleur ami. Puisque tu l'as tué, l'un de nous deux doit mourir. C'était écrit.

— Et il semble bien que ce sera toi.

Il braquait son arme sur ma tête, un sourire affable sur son visage racé.

— Je ne te comprends pas, Camara, poursuivit-il. Tu aurais pu te sauver, fuir vers un autre pays. Tu savais qu'on te retrouverait. Pourquoi rester ?

J'examinais toujours l'établi.

— Parce qu'ici, c'est chez moi, dis-je. J'ai mis longtemps à l'admettre.

Rodrigo m'avait contourné, il me lorgnait d'un air gourmand.

— Alors, sois heureux, dit ce dernier en ronronnant comme un gros matou, tu vas pouvoir reposer chez toi.

— Je ne pense pas qu'il sera d'accord, répondis-je.

Le Vénézuélien me regarda sans comprendre.

— De qui parles-tu, Camara ? demanda Rafael, agacé.

— De lui, dis-je en faisant un geste vague dans le dos des deux narcos.

Tout en continuant de me braquer, ils tournèrent la tête comme un seul homme. Un vieux monsieur se tenait effectivement derrière eux. Il était vêtu d'un costume sobre en lin blanc, portait avec élégance un panama blanc cassé et une paire de mocassins en peau. Sa jolie moustache ivoire était un peu surannée et ses yeux sombres, froids comme la mort. Il ressemblait à l'idée que je me faisais d'un ange.

— Qui est-ce ? demanda Rafael en plissant les yeux.

— Je te présente Tomas Nuñez, riche et puissant exploitant agricole de la vallée de Cauca dans l'ouest de la Colombie.

— Don Nuñez ! s'écria Rafael. Que fait-il ici ?

Il y avait dans la voix de l'Espagnol un accent de panique contenu, un léger trémolo qui le trahissait aussi sûrement que le voile de gouttelettes qui couvrait maintenant son front plissé. Le vieux monsieur ôta la veste de son costume en silence. Il la défroissa soigneusement et l'accrocha au portemanteau.

— Lorsque j'ai découvert que Mike Kedzia était en fait Alejandro Hilario Nuñez, poursuivis-je, je me suis fait un devoir de prévenir le seul parent encore vivant qui lui restait : son oncle ici présent. Cela n'a pas été facile. J'ai même dû demander l'aide de la police française. Tu te rends compte, Rafael ? La police française ! Mais je n'avais pas le choix, comme il n'était connu que sous le nom de Kedzia, la nouvelle de la mort d'Alejandro aurait pu rester cachée à jamais.

Une demi-douzaine de soldats de don Nuñez entrèrent en silence dans l'abattoir. Ils se déployèrent rapidement autour de l'Espagnol et du Vénézuélien. Ils étaient tous lourdement armés, en majorité de kalachnikovs. Rodrigo poussa un petit cri désespéré, il s'agitait en tous sens comme du gibier pris au piège. Rapidement, il fut désarmé par les *sicarios* qui l'entravèrent avec des colliers de serrage. Pâle de désespoir, Rafael tentait de garder contenance. Je me plantai devant lui. Je retirai son pistolet automatique de sa main. Il ne résista pas, comme privé de volonté.

— Vois-tu, Rafael, poursuivis-je, toute la famille de don Nuñez a péri au cours des affrontements entre le cartel de Cali et le cartel de Medellín. Pablo Escobar ne faisait pas de quartier à cette époque. Les seuls à en avoir réchappé étaient le petit Alejandro et Tomas Nuñez. Les seuls à avoir survécu. Et toi tu as tué l'un des deux…

Rafael s'ébroua. Ses yeux avaient recouvré toute leur acuité. Ils fulminaient maintenant.

— Votre neveu n'était qu'un *maricón*, don Nuñez, hurla-t-il à l'intention du vieillard qui enfilait la combinaison de protection, la même que l'Espagnol avait lui-même utilisée pour découper Alejandro.

Deux des *sicarios* bondirent sur Rafael, qui vociférait comme un damné, et le traînèrent jusqu'à l'établi. Le silence obstiné du vieillard me glaçait le sang, même si d'une certaine façon il était l'incarnation de la justice implacable du destin, celle contenue dans la loi de Newton selon laquelle, pour chaque action, il existe une réaction égale et opposée.

— Il nous conduisait à la catastrophe, ce sale pédé ! hurlait Rafael, dévoré par la haine.

Tomas Nuñez s'empara de la tronçonneuse qu'il démarra d'une seule et vigoureuse tirée. Le vieil homme avait encore de la poigne ; le travail des champs sans doute. Il s'approcha de Rafael en faisant feuler la machine. Je décidai qu'il était temps pour moi de prendre congé. J'avais mon compte de barbaque sanguinolente. Je sortis de l'abattoir. À l'extérieur, l'harmattan balayait les herbes folles de la cour de bourrades brûlantes. Je mis ma main devant la flamme de mon briquet pour allumer un cigarillo tandis qu'à l'intérieur, la tronçonneuse chantait à tue-tête.

48

Pour conclure mon enquête, il me restait à rendre une petite visite à l'ultime protagoniste de cette affaire. Je me garai dans la zone de fret de l'aéroport de Bamako Senou et passai le contrôle de sécurité en soudoyant un gendarme de la compagnie de transport aérien. Sur le tarmac, ma canne s'enfonçait dans le bitume fondu par le soleil. La sueur qui ruisselait dans mon dos et sous mes aisselles avait une odeur chimique, celle des médicaments que j'avalais chaque jour. Je trouvai Stéphane Humbert dans un petit bureau aménagé dans le hangar des deux avions. Il se tenait sous le souffle tiède d'un climatiseur anémique à remplir de la paperasse.

— Monsieur Camara ? dit-il en levant la tête. Mais vous êtes blessé ? Qu'est-il arrivé ?

J'écartai la question d'un revers de la main, comme si elle n'avait pas d'importance.

— Bonjour Stéphane. Je viens vous annoncer que l'affaire du meurtre de Bahia Tebessi est désormais résolue.

Il m'invita à m'asseoir.

— Vous m'en voyez soulagé même si je ne me remettrai jamais de ce sentiment de culpabilité. D'une certaine manière, je suis responsable de tout cela.

— D'une certaine manière, répétai-je en hochant la tête.

Stéphane Humbert me proposa une bière que j'acceptai volontiers. Il sortit deux Flag de son petit réfrigérateur et les décapsula. Nous bûmes les premières gorgées en silence.

— Pour être honnête, repris-je, je n'ai pu m'empêcher de vérifier certains éléments que vous avez déclarés lors de notre précédente rencontre. En particulier votre petit voyage en amoureux dans la région de Sadiolo.

Humbert eut un petit sourire nostalgique.

— Ce fut un moment merveilleux.

— Que vous auriez mieux fait de taire. En évoquant cet épisode bucolique, vous avez plus ou moins inconsciemment donné la réponse à l'enquête que je menais.

— Je ne comprends pas, dit Humbert dont les yeux s'agrandissaient.

— Je me suis rendu sur place, à Sadiolo, et ce que j'y ai découvert était des plus intéressants. La mine n'est plus en activité depuis des années, et pourtant, selon le site de Cartagena, elle produit pour plus de trois cents millions de dollars de minerai d'or. Avouez qu'il y a de quoi se poser des questions.

Humbert gardait le silence, les yeux hagards.

— J'imagine que lorsque vous avez emmené Bahia sur place, elle a dû vous demander pourquoi vous vous rendiez dans une mine désaffectée. Pourquoi donner une apparence factice d'activité à cette exploitation minière manifestement stérile ?

J'avalai une gorgée rafraîchissante de ma bière.

— Bahia venait de la banlieue, vous ne vous êtes pas méfié. Vous l'avez sous-estimée, mais elle n'était pas stupide. Elle faisait des études de droit. Elle n'aura sans doute pas mis longtemps à comprendre que la mine de Sadiolo est une gigantesque machine à laver le pognon sale que génère le trafic de coke mis en place par Cartagena. J'imagine que nos amis hispaniques achetaient au noir avec l'argent du trafic de coke les surplus de production des autres exploitations aurifères et prétendaient ensuite qu'ils étaient extraits de la mine de Sadiolo.

Humbert approuva de la tête.

— À sa sortie de prison, Bahia vous a appelé. Elle voulait sans doute vous faire chanter, vous et vos patrons.

Humbert poussa un soupir fataliste.

— Elle était très en colère, continua-t-il. Lorsqu'elle était à la brigade des stups, elle avait tenté de me contacter pour que j'intervienne, mais j'avais refusé de m'en mêler. J'ai fait le mort et, à sa sortie, elle m'a rappelé en exigeant de me voir, sinon elle balancerait tout à la presse, Cartagena, la mine et tout ça. J'étais terrifié. Je me suis dit que Rafael et Rodrigo me supprimeraient pour mon imprudence.

Mon ventre me faisait souffrir et je sentais la fièvre m'envahir doucement. J'avalai un cachet tandis que Stéphane Humbert me regardait les yeux pleins d'angoisse.

— Comment est-elle morte ? demandai-je, d'une voix lasse.

— Malgré ma panique, j'avais finalement prévenu Rafael de ce qui se passait. Il m'a envoyé un voyou de la pire espèce, un certain Samaké. Je pensais que c'était lui qui allait…

Il eut un sanglot et des larmes coulèrent en abondance sur ses joues.

— … Mais Rafael avait décidé que c'était à moi de le faire. Pour me punir, pour me donner une leçon. Un truc à la con de macho. On est allés la récupérer à sa sortie de cellule et on l'a emmenée au bord du fleuve, sur le chantier de construction du nouveau pont. C'est là que…

Il sanglotait comme un enfant, mais j'étais incapable de la moindre pitié. Je n'en avais plus en stock.

— Je n'y arrivais pas, poursuivit-il. Je veux dire… c'est trop difficile. Je n'arrive même pas à tuer un lapin. Alors Samaké m'a donné un coup de main. C'était horrible.

Il larmoyait tellement que je décidai de changer de sujet.

— Quelle est votre implication dans cette affaire d'avion transportant de la cocaïne ?

Il me regarda d'un air stupéfait.

— Vous êtes au courant ?

J'acquiesçai en lui faisant signe de poursuivre.

— Je m'occupe des autorisations de survol du territoire, des formalités administratives. Je sers d'intermédiaire.

— Qui est impliqué là-dedans ?

— Tout le monde, jusqu'au plus haut niveau de l'État.

Ses yeux s'emplirent soudain d'une immense frayeur.

— Rafael me tuera s'il apprend que je vous ai dit tout cela.

— Ne vous préoccupez pas de Rafael.

Je sortis mon téléphone portable de la poche et composai un numéro.

— Qui appelez-vous ?

— Le directeur de la police judiciaire. Il va s'occuper de vous.

Humbert se leva d'un bond et s'empara d'une grosse clé à molette. Il la brandit comme s'il comptait me fracasser le crâne.

— Et si je vous tuais, ici et maintenant ? Vous n'êtes pas en état de me résister. Ensuite je pourrais m'enfuir.

Ça sonnait à l'autre bout de la ligne. Je lui jetai un coup d'œil ennuyé.

— Sans doute, mais même diminué, je suis plus gros qu'un lapin et, pour ce qui est de fuir, ne vous gênez pas, mais ce n'est pas une chose facile que d'être en cavale. Je peux vous en parler, j'ai donné. Vous n'êtes pas taillé pour ça, Stéphane, alors asseyez-vous et posez ce truc avant de vous blesser.

La clé à molette tinta bruyamment lorsqu'elle tomba sur le béton nu.

49

Elle m'attendait chez moi, sur la terrasse où l'avait installée Modibo. En cette fin d'après-midi, elle sirotait un verre de jus d'orange pressée dans lequel tintaient des glaçons translucides. À ma sortie de l'hôpital, elle avait emménagé chez moi. La cohabitation se passait plutôt bien, nous formions presque un couple. Je m'assis à côté d'elle avec un luxe de précaution pendant qu'elle parcourait un journal local d'un regard distrait.

— Ça fait toujours aussi mal ? demanda Faten d'une voix pleine de sollicitude.

— La douleur me rappelle à quel point je suis chanceux.

Elle me considéra d'un air dubitatif.

— Je suppose que tout est une question de point de vue.

Je jetai un œil à la couverture du canard qu'elle lisait. Un gros titre s'étalait en manchette :

Affaire Air Cocaïne : la carcasse d'un avion-cargo transportant plusieurs tonnes de cocaïne a été retrouvée au nord de Gao.

Air Cocaïne… on pouvait compter sur les journalistes maliens pour dénicher des titres évocateurs.

— J'imagine que la drogue que la police a retrouvée dans la valise de Bahia provenait d'un avion comme celui-là ? demanda Faten.

— Sans doute, répondis-je doucement. Ou d'un chalutier qui a accosté sur les côtes de la Guinée, du Sénégal ou de la Mauritanie. L'Afrique de l'Ouest est devenue une plate-forme d'acheminement de la coke à destination de l'Europe.

La jeune femme jeta le journal sur le fauteuil en osier en face d'elle. Je le récupérai et parcourus rapidement l'article. D'après ce qu'écrivait le journaliste, l'avion, après avoir déchargé sa cargaison, avait tenté de faire demi-tour pour redécoller. C'est probablement à ce moment qu'il s'était ensablé. Les narcos n'ont eu d'autre choix que de l'incendier et de prendre la fuite en 4 × 4.

— Tu en es où de ton enquête ? demanda Faten.

Je posai le journal et la contemplai d'un air grave.

— J'ai eu celui qui est responsable de la mort de Bahia.

Faten se figea. Elle me dévisageait, son visage exprimant des sentiments multiples et contradictoires, oscillant entre soulagement et tristesse infinie.

— De qui s'agit-il ?

— Son petit ami, le pilote d'avion.

Je lui fis un résumé de l'affaire, sans entrer dans le détail de l'histoire du blanchiment. Je ne voulais pas l'exposer.

— Tu l'as supprimé ? demanda-t-elle finalement.

— Non, il va pourrir dans une geôle malienne. À côté de cela, une exécution sommaire est un acte de mansuétude.

Elle me regardait avec une froideur soudaine, pleine de mépris.

— Je voulais qu'il meure, articula-t-elle. Je ne peux supporter l'idée qu'il soit en vie quand Bahia pourrit au fond d'un trou.

— Lui aussi va pourrir au fond d'un trou, crois-moi. Et tu sais que je ne fais pas cela.

— Pourtant tu as tué tous ces gens. Pourquoi pas lui ?

— Parce que je m'accroche à ce qu'il me reste d'humanité.

Elle avait les larmes aux yeux.

— En fait tu ne m'aimais pas assez pour le faire.

Elle avait dit cela comme on prononce une sentence sans appel. Déjà elle se levait et ramassait son sac. Je n'eus pas un geste pour la retenir. Cela aurait été inutile. Je bus une gorgée de Flag. La porte de l'entrée claqua.

— Ou peut-être est-ce l'inverse, murmurai-je.

Modibo arriva, paniqué.

— Patron ! Pourquoi Madame est-elle partie ? Elle a l'air très fâchée.

Il y avait du reproche dans le ton de sa voix. Le gamin était tombé amoureux de Faten dès qu'il l'avait vue. Malgré mes dénégations, il s'était imaginé qu'elle emménagerait définitivement avec nous. On aurait alors formé une famille comme dans un putain de conte de fées.

— Il faudra que tu mettes ses affaires dans une

valise et que tu les fasses porter à l'hôtel Laïco, dis-je, imperturbable.

Le gamin secoua la tête. Je lui souris gentiment.

— Va me chercher une autre bière et prends-toi un Coca.

Lorsqu'il revint avec les boissons, je dus insister pour qu'il s'asseye à côté de moi. Nous restâmes ainsi à contempler le spectacle du couchant. Le soleil s'enfonçait dans le lit du fleuve. Les couleurs étaient à couper le souffle. On aurait dit qu'il se noyait dans des draps de sang.

J'aime tellement les couchers de soleil.

Quand, finalement, Modibo se leva pour débarrasser et préparer notre dîner, je lui tendis mon chèche. Il était maintenant plus marron que bleu.

— Tu pourrais le laver, s'il te plaît ?

Le gamin disparut avec le bout de tissu. Il flottait dans l'air une douce odeur de jasmin. L'odeur du parfum de Faten.

Contre toute attente, j'étais en vie.

Remerciements

Je dois avouer que j'aime satisfaire à ce petit rituel des remerciements. Il me permet de rendre un peu de ce que j'ai reçu. Merci donc à Béatrice, mon éditrice, de m'avoir fait confiance. Merci à Élisabeth Germain, libraire à la Fnac d'Annecy, à Caroline Vallat, libraire à la Fnac de Rosny-sous-Bois, et à Aurélie Gauvain, libraire chez Decitre Annecy. Merci, les filles, pour votre soutien indéfectible. Merci aussi à mon ami René Vuillermoz, ex-libraire, passionné de littératures policières et organisateur talentueux des incroyables « Pontons Flingueurs ».

DU MÊME AUTEUR

Aux Éditions Denoël

DELTA CHARLIE DELTA, 2015

BLACK COCAÏNE, 2013 (Folio Policier nº 759)

Chez d'autres éditeurs

DOUX COMME LA MORT, *La Manufacture de livres*, 2012

LA LOUVE DE SUBURE, *Les Nouveaux Auteurs*, 2011

LE ROI DES CRÂNES (LES EAUX TROUBLES), *Les Nouveaux Auteurs*, 2010

MAKO, *Les Nouveaux Auteurs*, 2009